*Chemin de trav*
d'André Gira
est le six cent soixante-deuxième ouvrage
publié chez
VLB ÉDITEUR.

La collection « Roman »
est dirigée par Jean-Yves Soucy.

VLB éditeur bénéficie du soutien de la Société de développement des entreprises culturelles du Québec (SODEC) pour son programme d'édition.

Nous reconnaissons l'aide financière du gouvernement du Canada par l'entremise du Programme d'aide au développement de l'industrie de l'édition (PADIÉ) pour nos activités d'édition.

Nous remercions le Conseil des Arts du Canada de l'aide accordée à notre programme de publication.

# CHEMIN DE TRAVERSE

*Pour vous deux, Céline et Yvon ... un chemin de traverse qui mène à l'amour véritable. Pas besoin de faire un dessin.*

*Complicité*

*octobre 2000*

## DU MÊME AUTEUR

*Deux semaines en septembre*, roman, Montréal, Les Quinze, éditeur, 1991. Prix Robert-Cliche 1991.

*Orchestra*, roman, Montréal, VLB éditeur, 1994.

*Zone portuaire*, roman, Montréal, VLB éditeur, 1997.

André Girard

# CHEMIN DE TRAVERSE

*roman*

**vlb** éditeur

VLB ÉDITEUR
Une division du groupe Ville-Marie Littérature
1010, rue de La Gauchetière Est
Montréal, Québec H2L 2N5
Tél. : (514) 523-1182
Téléc. : (514) 282-7530
Courriel : vml@sogides. com


Données de catalogage avant publication (Canada)

Girard, André, 1953-
    Chemin de traverse
    (Roman)
    ISBN 2-89005-725-9
    I. Titre.
PS8563.I665C43      2000        C843'.54        C00-941003-1
PS9563.I665C43      2000
PQ3919.2.G57C43     2000

DISTRIBUTEURS EXCLUSIFS :

Pour le Québec, le Canada et les États-Unis :
LES MESSAGERIES ADP*
955, rue Amherst
Montréal, Québec H2L 3K4
Tél. : (514) 523-1182
Téléc. : (514) 939-0406
*Filiale de Sogides ltée

Pour la France :
D.E.Q.
30, rue Gay-Lussac, 75005 Paris
Tél. : 01 43 54 49 02
Téléc. : 01 43 54 39 15
Courriel : liquebec@cybercable.fr

Pour la Suisse :
TRANSAT S.A.
4 Ter, route des Jeunes
C.P. 1210
1211 Genève 26
Tél. : (41.22) 342.77.40
Téléc. : (41.22) 343.46.46


Pour en savoir davantage sur nos publications,
visitez notre site : **www.edvlb.com**
Autres sites à visiter : www.edhexagone.com • www.edtypo.com
www.edjour.com • www.edhomme.com • www.edutilis.com


© VLB ÉDITEUR et André Girard, 2000
Dépôt légal : 3ᵉ trimestre 2000
Bibliothèque nationale du Québec
Bibliothèque nationale du Canada
ISBN 2-89005-725-9

On ne peut avoir des droits sur un être
qu'on ne peut empêcher de mourir.

ANDRÉ LANGEVIN

I

Il était temps qu'elle le mate, son berger allemand ;
le client était sur le point de défaillir. La formule marche à tout coup : elle force l'accent slave, ça sort comme
une balle : « Ta gueule, Marteau ! Pas touche à monsieur ! » Dans la pièce, on entend à peine respirer l'animal, et les compresseurs des machines distributrices
soufflent tempête. Voilà ! se dit-elle en ramenant une
mèche de cheveux derrière l'oreille, sous le bord du
melon, c'est de cette façon qu'il faut parler à ma bête et
pas autrement.

Lorsqu'elle tend au client sa carte et le relevé de la
transaction, elle retrouve le sourire : « Pardonnez ses excès
de zèle ; il manque un peu de savoir-vivre. »

Pas drôle, madame, pense-t-il en la regardant dans le
blanc des yeux avant de donner du pied contre la moustiquaire pour regagner la nuit, vous n'êtes vraiment pas
drôle. Le plein au plus sacrant, sauvons-nous vite d'ici,
et vivement l'autoroute !

Maintenant seule dans la pièce avec son chien, elle
fixe les touches crasseuses de sa caisse. De son poste de
travail vitré, les bras croisés, le melon bien en place, elle
peut entendre le grondement du tonnerre. Ça vient des

Appalaches, du sud-est. Nuit chaude et humide ; le t-shirt lui colle à la peau.

Pauvre bête ! Tu réagis toujours de cette façon, à chaque nouveau client ; c'est ta vie, je n'y peux rien. Tu n'arrives même plus à me soutirer un sourire. Et puis, regarde-nous, c'est pas génial. S'il n'y avait pas le trafic sur l'autoroute, loin, là-bas, dans le grand virage, je pourrais m'endormir ce soir sous le chant des crapauds.

Si tu savais, maman ! Non, tu ne peux pas vraiment savoir. Écoute bien ta fille… C'est d'une dureté, l'idée de gagner sa vie en Amérique, ne serait-ce que pour une période limitée. Regarde-moi cette piaule, une vraie cellule. Trop longtemps que je suis ici, un peu moins d'un an, et la magie n'opère plus. Caissière de nuit dans une banque à essence, le long d'une autoroute en tous points semblable à celle que j'aurais retrouvée à la sortie de Bratislava, ou à quelques kilomètres de chez toi, à Michalovce. Si c'est pas tragique ! Et l'été qui tire à sa fin : « Allez, mon beau bâtard, je sens qu'une virée en solitaire te ferait le plus grand bien. »

Il ne demandait que ça. Il sait qu'il reprendra bientôt son rôle d'arpenteur-géomètre. Il tourne autour de sa maîtresse comme un détraqué, il en bave de plaisir et l'exiguïté de la pièce lui saute à la gueule. Le chien redevenu fou concentre son énergie sur l'extrême fragilité de la porte moustiquaire qu'il lui suffira de tasser d'un méchant coup de tête.

Après un subtil signe de la main, à peine a-t-elle eu le temps de percevoir une lueur d'intelligence dans l'œil de l'animal qu'il est déjà parti en flèche vers sa boîte téléphonique préférée, plantée là-bas sous le lampadaire, en bordure d'une route très secondaire.

*

Aller jouer dehors avec sa maîtresse, ça se résume à la laisser lire n'importe quoi ou presque sur un sofa ayant passé quelques hivers sur cette galerie, à la laisser dormir dans la pénombre. Il peut alors courir comme un débile dans toutes les directions, jusqu'à épuisement des stocks, jusqu'à la panne de bave. Étourdissant manège, à rendre fou un satellite géostationnaire, exercice tenant plus de l'idiot du village que du champion de dressage. Il est devenu si prévisible qu'elle ne prend pas même la peine de lever l'œil de sa revue : « Allez, Marteau, chuchote-t-elle en tournant une page, essouffle-toi pour la peine. C'est ta vie, ton petit bonheur, ton canin karma. »

Elle est toute à son numéro spécial, une pièce de collection qu'elle a retracée dans le grenier ; une somme photographique jusque-là perdue dans un entassement de catalogues et de vieux journaux. *Life, 50 years.* Sous l'emprise de la fascination, les manches de son t-shirt remontées aux épaules, le melon à la lisière des cheveux, les membres luisant sous l'unique ampoule du plafond, elle oublie tout, hypnotisée par ces photographies ayant marqué surtout l'histoire de l'Amérique. Elle oublie les appels de phares, les feux de position, les camions qui passent là-bas, dans le grand virage sur sa droite ; elle en oublie jusqu'au taux d'humidité et le faible vent dans la broussaille.

Il y a là matière à analyse, et Marteau peut bien se faire suer les flancs pour marquer son territoire. Nul besoin de lever la tête, elle l'a déjà trop observé, son manège. Publicité. Purina Cat Chow, page 126.

Page 127 : guerre civile, guerre d'Espagne. Elle sent le sable crisser sous la patte de l'animal. Toujours le même parcours : de la cabine téléphonique au conteneur de pneus usés, une pause, puis de la Jetta rouillant dans les hautes herbes à la base en béton de l'enseigne au néon, encore une pause, des jappements, les pompes à essence.

Elle ne verra jamais se dessiner sous la série de lampadaires la silhouette d'un marcheur tenant un sac en bandoulière. Jusqu'à ce soir, elle n'a jamais posé les yeux de cette façon sur des photos de la guerre dont on parlait tant alors qu'elle était enfant, en Tchécoslovaquie. La guerre de la honte, se plaisait-on à claironner chaque soir à la télévision d'État, la guerre impériale des sales capitalistes.

Alors courage, petite mère, chair à canon en vue... Tu vois, c'est partout pareil, à l'Ouest comme à l'Est. Un soldat américain craque au retour d'une mission de bombardement et le photographe réussit à saisir le mouvement de son bras qui vient frapper la table. Effondrement total... Tout doux, Marteau, il me semble qu'à cette heure, tu devrais être mort d'épuisement. Garde ton énergie pour le prochain client ; la nuit est encore bien jeune... Ô ma mère ! Ô mon père ! Faudrait être de marbre, de fer pour rester insensible devant ça : « Tu m'énerves, Marteau ! »

Pauvre type, pleures-tu la perte de ton copain fauché par une rafale, te désespères-tu de l'imminence de la mort, de ta propre mort, du silence de feu retombé sur le village que vous venez de raser au napalm ? Et tous ces généraux de carrière, ces vendeurs d'armes, multi-millionnaires de la mort en série, tous ces banquiers restés bien au chaud en Suisse ou en Amérique, es-tu en train de tous les maudire ? Je suis avec toi, petit pion en tous points semblable aux Viets et aux Soviets. Tu fais peine à voir.

*

Bel accueil, se dit-il en visant la porte entrouverte de la cabine téléphonique, méchante bête ! Pas besoin d'ameuter la campagne, minable molosse, tu vas finir par réveiller les mulots et ils vont te manger tout rond. Y a-t-il seulement quelqu'un dans cette cambuse ? Maudit pays, changera jamais, encore plein de trous perdus : regardez-moi ça ! Maison d'habitant transformée en garage, avec sa rallonge en tôle galvanisée.

Ça pourrait toujours avoir un certain charme dans le bois, en pleine forêt, mais à côté de l'autoroute ! Pas de lumière aux lucarnes ; on est tombé dans le nulle part, mon ami. J'ai comme l'impression que tu n'as plus le choix, qu'il va falloir te taper cette brousse d'asphalte, du moins jusqu'à la porte de cette cabine : « Tout doux, Réjean n'est pas méchant ; tout doux… » Ça suffit, sale cabot, veux-tu bien me lâcher la jambe, veux-tu bien laisser passer mon oncle ! Si tu déchires mes jeans, j'en connais un qui va prendre un sac de voyage sur la gueule : « Tout doux, j'ai dit ! T'es sourd ? T'as pas de maître ? »

Vite ! Refermer cette porte au plus sacrant ! Tu vois, mon oncle a réussi ! Maintenant, tu peux japper tant que tu voudras ; tu finiras bien par t'épuiser et je te passerai sur le corps. Voilà ! plus moyen de sortir d'ici ; pas vraiment envie de sortir d'ici… Pas très avancé ! Fait chaud comme en plein jour, j'ai soif comme dix, et il faut que je tombe sur un simple d'esprit lisant sur sa galerie. Pompiste, mon œil ! C'est ça, tu peux toujours hurler à la lune ; tu finiras bien par le réveiller, ton débile de maître. Dire que mon rocker de tout à l'heure m'offrait de passer la nuit dans un bar de son village, histoire de nous rafraîchir, nous rincer l'œil, nous saouler pour de bon. Pas envie de passer la nuit dans cette cabine ; va falloir crier fort si je veux me faire entendre par Ti-Cass : « Hé, là-bas ! Pouvez pas rappeler votre chien ! »

Elle lève aussitôt la tête, mais il lui faudra un certain temps avant de réagir, habituée qu'elle est de revenir sur terre au seul son d'un moteur. Un piéton en pleine nuit, ce n'est pas très habituel. Ça ressemble à une panne sèche, et son véhicule ne doit pas être très loin d'ici. Peut-être quelques dizaines de mètres au-delà du grand virage, je ne sais pas, moi. Il doit être épuisé, le pauvre. C'est peut-être un problème dans le système de refroidissement, avec cette chaleur ! De toute façon, pas le temps de penser à ça, il faut sauver l'homme : « Par ici, Marteau, par ici ! Biscuit, biscuit ! »

Après quelques secondes d'une course en ligne droite, l'animal atteint la galerie et ne semble pas vouloir s'arrêter. Elle a juste le temps de se lever pour lui ouvrir la porte. Répétition d'une consigne qu'il connaît bien : « En garde, Marteau, mais pas touche à monsieur. » En temps normal, elle aurait suivi la bête pour prendre place à son poste de travail, mais elle se contente maintenant de se rasseoir et de poser sa revue sur ses genoux, histoire de mieux mesurer la démarche de l'homme.

Quelle mise en scène ridicule, se dit-elle en se prenant la tête, ce qu'il ne faut pas subir pour protéger d'un voleur hypothétique une caisse à moitié vide. Faudrait bien que j'arrive un jour à convaincre le patron de nous en débarrasser, sinon je deviendrai folle, et je finirai par mettre le feu à sa baraque.

Moment d'hésitation, de flottement, mais pour faire amende honorable comme pour se montrer accueillante, elle consent à se défaire de sa revue en posant sur la page son chapeau en guise de signet.

Eh bien ! se dit-il en se rapprochant, c'est une femme ! Débile ou inconsciente, je ne sais pas, mais réussir à lire avec une telle engeance dans le décor, ça vous campe un personnage dans la surdité ! Revenir au pays pour se faire agresser de la sorte ; j'aurais bien dû rester en Galice. Ou bien à Toulouse, tiens.

Pas de problème ; il me semble correct, ce type. Plutôt maigre que musclé, imposant dans le sens de la hauteur ; avec cette allure inoffensive, vous me rappelez un percussionniste fêlé. Allons-y donc sans crainte ; vous n'avez vraiment pas d'avenir dans la délinquance. De toute façon, armé ou pas, sitôt dit, sitôt fait : Marteau vous sautera dessus et il visera la gorge… Immobilisé à quelques mètres seulement de la galerie, sans parole, vous vous demandez peut-être où est passé l'autobus.

« Beau chien, que vous avez là, fait-il en se débarrassant de son sac.

– Alors, quelle panne vous amène ? »

Avec ce monstre hurlant à l'intérieur, il n'est pas certain d'avoir très bien saisi l'essence de ses paroles. Il lui semble avoir entendu *man, men,* ou quelque chose du genre. Il en sera encore au décryptage initial lorsque l'arrivée d'un camion débouchant dans la cour lui fera tourner la tête. En rétrogradant, comme pour mieux occuper l'espace, le chauffeur n'en ratera pas une.

Elle coupera court à toute possibilité de réponse en se levant pour reprendre son poste à la caisse. Avant de laisser se refermer la porte-moustiquaire, elle lui désignera le sofa d'un geste impératif : invitation au repos forcé.

*

C'est pas de refus, madame, même si vous avez tendance à me traiter comme un chien. Regardez-moi ça ! Votre melon est une pure invention. Bien, très bien ! Et confortable, votre divan. Et si nous prenions nos aises. De toute façon, il n'était pas question que je me pointe dans votre cambuse. Chic, on se croirait dans le salon d'un Hilton, quelque part en Amérique profonde ; café, s'il vous plaît. Non, dans un hôtel d'Istanbul, tiens ; café turc.

Grosse tête avec ça, madame, grosse tête et belles oreilles, pour que ça tienne bien en place. Pas mal du tout ! Maintenant, voyons ça de plus près : *Life*, cinquantième anniversaire. Oups, je viens de perdre votre page ! Pas grave, vous me semblez assez allumée pour ne pas en faire une question de vie ou de mort. Jackie Kennedy, tu es d'une élégance sous ton voile. Et voilà que devant nous débarque de son camion chromé le dernier des cow-boys. Pas capable, Jackie, je suis allergique aux *guns*, ça me fait suer. Tenir le coup. Le regarder droit dans les yeux, avec calme, flegme et superbe, comme tout vrai croque-mort qui se respecte. À peine lever la tête. Tu m'irrites, gros lard, tu mérites rien de plus qu'un œil absent.

« Hi ! » fait-elle en mettant le pied sur la galerie.

Une femme chauffeur ! Je rêve ! Non mais, que s'est-il passé sur ce continent en mon absence ? Où donc est passé l'homme ? « On n'est pas loin du paradis, c'est sûr. » Avec son t-shirt plus tendu sur les biceps que sur la poitrine, avec son casse de cow-boy plein de *jewels*, elle m'a eu comme le dernier des aveugles. Elle doit sortir de Calgary. Beau paysage, quand même, belle nuit, mais avec l'humidité qui me tombe dans la jambe, je sens que s'en vient l'orage du siècle. Berlin, je t'ai dans la jambe. Apprécions l'endroit : le chien qui jappe, le moteur au ralenti. On jurerait qu'un photographe caché quelque part est en train de tester son flash sur le *truck*.

Allons ! passons aux choses sérieuses, comme par exemple aux séries mondiales et aux Jeux olympiques. C'est *Life* qui nous le dit ! C'est photographié dans tous les tons de gris, il ne reste plus qu'à y croire dur comme fer. Et puis toi, mon ami Fidel, dis-moi que l'utopie sur ton île est venue à bout de la mafia.

Pas capable de fermer l'œil sans deux minutes de délire. C'est de l'ordre de la conscience, de l'éthique ou de la naïveté ? On dirait que la sérénité se joue de moi. Allons bon ! m'étendre plutôt comme un matou sur son divan. M'endormir sur son épaule, il me semble que ce serait bon. Glisser la main… Fantasme, fantastique, photographe qui teste, du verbe tester, qui testera bien toute la nuit. Quand même, elle aurait pu couper le moteur. Sur les yeux, le chapeau, sur les yeux.

## II

Alors que sa cliente est tout occupée à insérer ses pièces de monnaie dans trois gobe-sous à la fois, Andrea Bernolak prend le temps de tirer vers elle l'une des deux chaises droites, histoire de se mettre à la hauteur de l'animal : « Allez, viens par ici voir ta maîtresse ; pleure un peu pour moi. »

Bon chien ! Vois comme elle est ordonnée, la dame : une canette de Coca-Cola, trois gâteaux, un sac de croustilles, une tablette de chocolat. C'est toujours pareil ; elle n'est pas très changeante. Chaque fois qu'elle vient, j'ai beau lui offrir autre chose, elle ne veut rien entendre. Tu vois, Marteau : faut pas lui sauter dessus, faut pas japper comme un fou. Seulement la regarder faire. Elle est gentille, la dame. Pas de barrière des langues entre nous. Français, anglais, slovaque ou espagnol : c'est du pareil au même. Je sais, madame : un simple geste ou un sourire, et c'est le bonheur. Oui, vous pouvez vous asseoir ; cette chaise est peut-être trop petite pour votre gabarit, mais elle est toute à vous :

« Alors, c'est bon ?

— *Ya !* »

Comment faites-vous pour vous empiffrer de cette façon ? Orages en perspective, n'est-ce pas ? Alors, vaut mieux en rire, votre sommeil n'en sera que plus profond. Tu vois, Marteau, son camion n'était pas encore stationné du côté de ma vieille Jetta que j'étais déjà prête à l'accueillir avec mes dollars de petite monnaie. Je partirais bien avec vous, madame, si vous saviez. Allez, vous pouvez toujours sourire, vous gagnez en charme. Moi, vous savez, je rêve depuis trois mois de monter dans votre camion, de traverser l'Amérique avec vous pour photographier votre histoire d'autoroute.

Non ! ne riez pas trop fort, c'est pas si drôle après tout. C'est plutôt tragique quand j'y songe. Si je me laissais aller, je vous dis que votre profil se retrouverait bien vite à la une d'une revue anglaise, française ou allemande. On serait fier de moi à l'agence et mon compte en banque risquerait de gonfler ; l'image serait nécessairement choc, nous échangerions peut-être nos chapeaux, mais je me sentirais un peu vautour.

N'est-ce pas, Marteau, qu'elle t'en impose par sa stature ? Moi, si ! et vous êtes belle à voir avec votre chapeau et vos bottes. Mais comment faites-vous pour avaler en si peu de temps autant de gâteaux essentiellement infects ? Que de sucre, que de sucre, moult sucre ! Vous savez, c'est pas bon de manger autant de pâte avant de dormir. Pas bon pour l'estomac ni pour le cœur. Parole d'une vieille Slovaque qui doit ce soir s'ennuyer de sa fille. « Comment dites-vous ? *Sixteen* ? Seize heures que vous roulez depuis ce matin ? »

Madame, on a fait de vous une bête de somme. Prenez garde, ils vont finir par vous tuer. Merci pour la cigarette, et tasse-toi un peu, Marteau ; c'est assez. Si les types de l'agence pouvaient se grouiller, aussi. Avec tout ce qui se passe en Yougoslavie, on dirait qu'ils m'ont oubliée. Mon permis de séjour pour les USA, ça vient ? Je partirais avec vous, madame, je me contenterais du rôle de navigateur, je pourrais toujours vous aider…

Le temps d'une cigarette, elles s'échangeront des regards entendus, quelques syllabes sur l'idée même du repos, la longiligne Slovaque maternant la grosse femme. Quelques signes sur le calme régnant dans cette cour de garage en comparaison de l'enfer des haltes pour camions.

Ah ça, oui ! Le tonnerre importe peu, *you know*, bien au contraire ; il porte au sommeil la femme épuisée, plutôt. Il charrie avec lui un continent d'immensité, des Grands Lacs à la pure beauté du Great Canyon ; il nous ramène le grand vertige des plaines du Midwest :

« *You know ?*

— *Yes*, madame, *I know* ; un pays que j'aimerais bien connaître. »

Vous n'en pouvez plus, c'est évident, vous êtes en train de vous endormir sur cette chaise. Éteignez-moi cette cigarette et laissez-moi vous débarrasser de cette canette, sinon je n'aurai jamais la force de vous porter jusqu'à votre cabine. Seize heures de route ! Si c'est pas terrible. Vous ne trouvez pas qu'il y a plus important à faire qu'à tenir compagnie à une pompiste qui peut dormir toute la journée quand bon lui semble. Il faut vous reposer : « Allez, ouste ! J'irai vous réveiller à six heures, comme d'habitude ; c'est la moindre des choses, n'est-ce pas ? Et puis toi, Marteau, tu restes ici ! Je ne veux rien entendre. »

Assise sur le dur, l'épaule appuyée contre la colonne de bois, les bras croisés, elle attend ; elle connaît les gestes prochains de sa cliente. Elle la voit se diriger d'une démarche lourde vers son camion. Lorsque cette femme sera rendue à mi-chemin, elle s'arrêtera un moment pour tourner la tête, comme pour quêter un *good night*.

Voilà, elle est réglée comme une horloge. C'est ça, bonne nuit : « *Good night !* »

Très bien. Allez vous allonger et faites de beaux rêves. N'oubliez pas, surtout, de couper le moteur. Trois mois que ça dure. C'est peut-être devenu une habitude, ce silence retrouvé aussitôt le moteur coupé, mais ce que je ne donnerais pas pour passer la nuit à converser. Mais comment s'imposer quand on sait que l'autre ne songe plus qu'au repos. Et maintenant, se dit-elle en tournant sur elle-même, que vais-je faire de ce type ? Voleur de sofa, va ! Et ma revue, sachez que c'est pas un oreiller.

Ne vous dérangez surtout pas ; je n'ai qu'à rester ici, adossée contre ma colonne de bois. Je n'ai qu'à allonger les jambes. Faites comme chez vous, mais s'il vous plaît, tâchez de ne pas trop ronfler. C'est pas très compliqué ; il ne me reste plus qu'à jouer à la mère. Ça ne me gêne pas de jouer cette nuit à la mère, mais, avec cette humidité, je crève de solitude, et on dirait que mes idées volent bas.

*

C'est pire qu'en juillet, vite que vienne la pluie. Drôle de pays ; la Sibérie en hiver, Jérusalem en fin d'été. Vous n'avez pas chaud, vous, dans vos jeans serrés et avec ces bottes de travail ? Regardez mes jambes, toutes moites, mouillées comme si j'avais marché dans le brouillard. Tiens, si je ne me retenais pas, je monterais à l'étage pour retirer ce t-shirt et passer un chemisier. Je pourrais au moins le laisser ouvert.

Elle dort déjà dans sa cabine, j'en suis certaine. Et si je partais ce matin avec elle, comme ça, sans visa, sans même attendre l'arrivée du patron. J'imagine son étonnement. L'enseigne au néon éteinte, la porte verrouillée, un mot bien en vue à côté de sa caisse, avec quelques dollars en moins pour ma paie de la semaine et la carcasse de ma Jetta. Et qu'arrive le poste-frontière !

Regardez-le ! Même le tonnerre n'arrive pas à le faire broncher, et ça semble bien parti pour la nuit. En voilà un autre qui s'est épuisé quelque part sans moi. Comme ça, avec mon chapeau recouvrant le haut de votre visage, je ne me souviens plus à quoi vous pouvez ressembler, et c'est sûrement pas une panne sèche qui vous a mené jusqu'ici. Qu'avez-vous donc tous à vous épuiser à longueur de jour ? État d'urgence, comme si la terre allait bientôt cesser de tourner. Pas bon pour la santé ; vous vous feriez tous gronder par maman. Se faire mourir pour la cause, pour le parti, se faire suer dans le but d'atteindre les objectifs d'un plan quinquennal élaboré à Prague ou à Moscou ; c'est ce qui a fini par tuer mon père. Moi, j'aime l'homme qui tout le jour ne fout rien de sa peau, j'aime l'homme qui remet toujours tout au lendemain. Il me fait penser au chat, à tous les chats de toutes les ruelles possibles. Dorment le jour, ne sortent que la nuit, toute la vie durant et sept fois plutôt qu'une.

Beaux effets de lumière, tous ces éclairs, surtout sur le camion. Avec le vent qui se lève, avec la pluie en rafale qui ne devrait pas tarder, ce sera bientôt du gâteau. Si je n'étais pas si amorphe, je monterais chercher là-haut mon déclencheur souple, mon trépied et mon appareil. Ça ferait de beaux clichés et ils seraient fiers de moi à l'agence. Et puis je prendrais une douche et changerais de vêtements. Je dégage, ça pue là-dessous, et je ne serais pas terrible à prendre. Envie de partir ; pas capable d'imaginer que je passerai un deuxième automne par ici. Je suis due pour un autre billet laissé sur la table.

Il est pourtant bien, le proprio. Toute sa baraque à moi toute seule, avec au grenier plein de revues et la collection complète de *Life*, du premier numéro jusqu'à maintenant, un peu d'argent de poche pour la forme, toute la liberté du monde pour explorer les alentours, du fleuve aux Appalaches. Vraiment bien, le proprio, comme un prof de Prague a pu l'être un jour. Comme ma vieille Rebecca d'Halifax qui s'obstinait à ne parler qu'en français, comme ce commandant pas trop grec du bateau bulgare. Comme mon débardeur, aussi, avec en moins sa tuque et la qualité du discours.

Ici, je suis l'employée qu'il fallait. Je ne suis rien de plus qu'une travailleuse de nuit arrivée un bon matin comme un cadeau du ciel. Que peut-il bien faire cette nuit, mon débardeur, justement, où peut-il bien être à cette heure ? Au bistrot Victoria, à la taverne du Plaza, dans son carré de bauxite ou à la maison ? Vous voulez me dire, vous qui êtes si bien installé sur mon sofa, vous pouvez me dire pourquoi je me pose cette nuit cette question ? Allez, dormez en paix avec mon melon sur la face, mais gardez-moi un peu de votre nuit.

Pas de réponses possibles. Faudrait plutôt vérifier là-bas, sur place. Aimer partir ! Tu parles d'une tare ! Dis-moi, ça m'a prise à quel âge, cette maladie ? Et puis toi, Marteau, veux-tu bien cesser de pleurer ; tu pourrais bien dormir de temps à autre, non ? Me laisser seule avec mon client, c'est tout ce que je te demande. Le trafic est à son plus bas sur l'autoroute. Rien à voir non plus sur le chemin de traverse. Dans le grand virage, il ne passe plus guère que des camions. Si tu souffres d'insomnie, apprends donc à lire mon calendrier. C'est à désespérer. Vous êtes là à me dormir dans la face, et un chien pleure dans une station-service.

*

C'est pas le tonnerre, Réjean, c'est pas le tonnerre. Et c'est pas non plus ce cabot qui se lamente. Non, ce doit être tous ces cafés, à Montréal, à Drummondville. Mauvaise habitude ; pas capable de dormir ! Qu'est-ce que je fais ici ? Je voudrais bien me voir de là-haut : un cadavre allongé sur un divan, le chapeau rabaissé sur les yeux. Tout ce que je peux voir d'elle, ce sont ses jambes. Oh ! les jambes que vous avez, chère pompiste ! Du beau stock pour un p'tit gars perdu en forêt.

Trop bu de café. En plus, ça donne soif ; pas très brillant. Je me lève pour lui demander un Coke avant de retourner à l'autoroute ou je passe la nuit avec elle ? Ne nous énervons pas, allons-y par étapes. Si je portais la main sous le chapeau, comme ça. Une mouche s'est peut-être posée sur ma lèvre ; c'est crédible, il me semble. Tiens ! elle pleure ou quoi ? Pas moyen de poser l'œil quelque part sans voir brailler quelqu'un. Allons !

un petit effort. Tenter quelque chose de léger, lancer quelques mots : « Hé, ça va pas ? »

Elle relève la tête, comme prise en flagrant délit d'intimité. Elle se contente de le regarder froidement, lui, l'homme étendu sur le sofa, l'air de revenir de loin ou de chercher quelques mots. Gagner du temps, oui, prendre tout mon temps. Monsieur se réveille, mais est-ce bien une raison valable pour répondre dans la minute ? Je ne le crois pas. Je suis heureuse de vous voir là, mais vous n'êtes pas le premier à venir occuper mon espace. C'est bien, prenez le temps de vous relever.

Maintenant, vous pouvez poser mon chapeau sur votre tête, si ça vous chante. Oui, comme ça ; il vous va plutôt bien. Ça vous donne un petit côté Gotlib. Et vous vous intéressez à moi ; tiens donc ! Il n'était pas assez confortable, mon sofa ? Vous avez presque bonne mine, malgré vos jeans usés et votre chemise grisâtre, malgré votre fatigue évidente. Vos yeux ne doivent pas rire très souvent. Disons que… votre regard complice… exprime une certaine compassion… pour la pauvre femme esseulée… que je suis. Que diriez-vous si j'allais voir ça de plus près ?

Sans esquisser le moindre mouvement visant à se rapprocher de son sujet, sans prononcer un seul mot, sans articuler la moindre syllabe, elle s'amuse à le cadrer, les mains ouvertes en guise de viseur.

Virtuel téléobjectif, 80 mm ; idéal pour le portrait. Cadrages multiples. Plusieurs angles plutôt qu'un, car vous êtes vraiment pas mal. Et puis, laissez-m'en le loisir ; après tout, c'est vous qui êtes venu vous pointer sur mon territoire.

Dites-moi, chère pompiste, ça fait mal, être envoûtante comme ça ? N'est-ce pas qu'il me va bien, votre melon ? Allez, dites-moi ce qu'une femme de votre espèce... non, expliquez-moi plutôt ce qu'un drôle de spécimen de votre calibre est venu faire dans cette fosse à chiens, dans cette bretelle d'autoroute perdue entre Québec et Drummondville ? Votre cabot, vous croyez qu'il va finir par se la fermer ? M'énerve, si vous saviez ! Mais je comprends ; on peut aisément comprendre. Sans lui, je ne donnerais pas cher de votre peau. Il y aurait par ici tout plein de gros méchants bandés, prêts à bondir.

« Ta gueule, Marteau ! lance-t-elle avec une pointe d'exaspération.

– Marteau ? Beau nom pour une tare !

– Joli nom pour un taré, plutôt ; soixante-quinze kilos de muscles mâles. Rien de moins. »

Cadrage fixe, mais je dois me rapprocher un peu : travelling avant sur votre jambe. Comme ça, en remontant un peu plus vers l'épaule. Voilà le cou, le menton : barbe forte de deux ou trois jours. Effet bœuf ; vous vous retenez pour ne pas rire. Cessons ce petit jeu, jouons plutôt d'audace. Retourner à ma colonne, redresser le torse, me ramener les bras autour des genoux, en photographe sage comme ses images. Vous entendez ? vous percevez la qualité du silence ? Silence d'eau ! Que le tonnerre au loin, que la pluie qui se met à tomber ; on a peine à entendre les pneus patinant là-bas sur l'autoroute.

Vous savez que vous êtes mon prisonnier ? Maintenant, vous ne pouvez plus partir. Ça vous apprendra à manquer de respect à votre véhicule. Nuit de mystères ! Personne ne s'en doute par ici, pas même le patron, mais mon chien est un véritable mangeur de cuisses. Il n'y a que les cuisses qui l'intéressent, et bien dodues. Voyez les herbes hautes, là-bas, sous le lampadaire, près de la cabine téléphonique. On dirait un vague terrain sans intérêt. Sachez que lorsque Marteau en a terminé avec le cadavre à peine entamé, tout habillé, désarticulé, c'est là que je vais l'enterrer. Toujours en pleine nuit. Parfois c'est un homme, d'autres fois une femme ; ça dépend de son appétit. Attendez que je fasse le compte. Oui, il doit bien en avoir une bonne dizaine. Et ça vous fait sourire :

« Alors, où elle est, votre voiture ?

– Vous voulez rire ! Ai-je l'air d'un gars à bagnoles ? »

*

Pas un gars à bagnoles ! Cher monsieur, c'est pas nécessairement inscrit dans votre face. Erreur de lecture. Ce doit être un problème de focalisation ; il y a trop longtemps que je n'ai pas sorti ma caméra. Mon œil me joue des tours. Alors, vous êtes sans doute un autre de ces sans-frontières qui sillonnent les autoroutes par désœuvrement. Je sens que vous allez bientôt me parler de cette pluie qui tombe en rafales, que vous allez m'offrir une place sur mon sofa ; je sens donc que vous allez…

« C'est beau, cette pluie. »

Mince ! j'ai frappé dans le mille ! Avouons que le risque de me tromper était faible. Parler de la pluie et du beau temps, comme ça, sans effort, comme pour installer un décor propice aux confidences. Huis clos sous la pluie, théâtre à l'état pur…

Je vous dérange, madame ? Serait-ce que je vous ennuie ? Ou bien votre mutisme est calculé, ou bien vous souffrez vraiment d'un problème d'oreilles. À moins que vous ne soyez un brin perdue dans vos problèmes de caisse ou dans le calcul des taux d'hypothèque. Allez, tenez, pompiste pétroleuse, prenez, attrapez votre chapeau, ne serait-ce que pour vous protéger du vent. De toute manière, il vous ira toujours mieux qu'à moi.

Voilà ! Enfoncez-le bien sur votre belle tête ébouriffée et ne me répondez surtout pas. Absolument ravissant ; vous me rappelez une femme, c'est vague, je ne sais plus trop où, mais vous surpassez en grâce tout ce que j'ai pu voir jusqu'à ce jour. C'est évident qu'il a été confectionné pour vous, ce melon. Tout bien considéré, je peux m'accommoder de votre silence. Puissante pose que vous prenez sous cette pluie. Comme un clair-obscur sur la City ; le camion glissant sur l'autoroute devient le bus qui gagne la banlieue.

« Vrai que c'est beau, fait-elle en regardant en direction du camion. C'est divin, comme un rideau malmené par le vent. »

Belle image, madame ; ça mérite un sourire. Je m'habituais à votre silence, mais vous avez raison. C'est comme un voile balayé par un éclairagiste fou. Et puis, tiens, venez vous asseoir par ici. Je ne vous ferai aucun mal, j'ai eu ma dose de baise. Vous savez, on ne l'entend peut-être plus, votre chien, mais je le sais tout près. Il craint peut-être le tonnerre, mais je sais surtout qu'il se ferait un plaisir de me sauter dessus au moindre signal. Allez, soyez raisonnable ; vous êtes en train de vous liquéfier. Votre t-shirt est tout mouillé, vous allez vous rendre malade. D'ici, je vous jure, on a une vue imprenable sur le *truck* chromé de la belle-sœur de l'oncle Sam…

Ô maman ! comme cette pluie me fait du bien ; je redeviens ta petite fille. Il était temps qu'elle arrive, qu'elle me lave les vêtements. Tu te souviens lorsque j'étais arrivée de l'école toute mouillée. Je devais alors avoir sept ou huit ans. C'était en octobre, mon uniforme ruisselait, j'étais heureuse, mais je me sentais un peu perdue. Tu m'as vite déshabillée pour aussitôt me draper d'une couverture que tu étais allée chercher à l'étage ; tu étais au bord de la panique. La panique et toi ! Pourtant, ce n'était que de l'eau, que de l'eau tiède pour laver mes cheveux, mes vêtements, et je me suis mise à pleurer. Petite maman devenue vieille avant le temps. Usine répugnante, maudit potager, campagne désolante pour l'urbaine que tu étais !

Tu vois, il a beau regarder de toutes ses forces en direction du camion, il a beau vouloir ignorer ma présence, il arrive à me toucher. Tu sais qu'il me rend malade avec son sourire ? Ce soir, je sens les frontières évanescentes dans le brouillard. D'où vient-il ? Où va-t-il ? Il n'est que de passage, je sais ; l'endroit est fait pour ça. Est-ce bien toi qui me l'as envoyé ? Dis-moi, que peut-il bien trouver de si particulier au camion de ma cliente ?

« Vous savez, jeune femme au bel accent, si nous étions dans un poste-frontière, je ne sais pas moi, précise-t-il en appuyant les coudes sur les genoux, en Autriche ou en Allemagne, je vous parie que ce camion serait bourré de réfugiés. »

*

Vous me faites rire, vous, avec vos histoires de réfugiés. Voilà ! c'est ça, tonnerre, montre-lui qui est le plus fort. Quelle puissance, on se croirait en guerre. Si vous saviez d'où nous venons, mon melon, mon appareil photo et moi, si vous saviez que nous avons justement transité par l'Autriche avant d'arriver deux ans plus tard en Belgique. Vous avez entendu ça ; la foudre est partout pareille. Laissez-moi répondre à votre sourire, car vous en avez une devant vous, une réfugiée. C'est pas d'hier : peu importent vos origines, d'où que vous veniez, où que vous alliez, soyez sans crainte, l'Amérique du Nord est bien gardée.

« Allez, venez vous asseoir par ici ; c'est fou de rester comme ça sous l'orage.

— Moi, j'aime bien…

— Votre chapeau vous va peut-être à merveille, mais c'est pas un imper. C'est du suicide, votre entêtement. Si votre mère vous voyait, elle ne serait pas fière de vous. "Ma fille, ferait-elle en pointant un doigt accusateur, tu vas te rendre malade !" Voilà ce qu'elle vous dirait, votre mère. »

Vous avez bien raison ; je le suis déjà, malade. Allons-y, un petit effort, profitons-en pour nous dégourdir les jambes :

« Voilà ! content maintenant ?

— Je flotte, je flotte ; je suis aux anges ! »

Moi aussi ; vrai qu'on est bien sur mon sofa. La foudre peut bien tomber sur le lampadaire. Ne pas s'obstiner avec le destin, ma fille, ne pas s'obstiner et jouer franchement. C'est plus qu'une bonne idée, reprendre possession de mon sofa. M'enfoncer dans la paille humide, comme nous aimions le faire à la petite ferme, avec les amies et les cousins. Comme c'est bon ! Un peu plus confortable que ma colonne de bois et ces planches pourries. Faudrait bien qu'un jour le patron se décide à repeindre tout ça. Maintenant, que Marteau se tienne tranquille. Qu'il me laisse en paix pour une bonne nuit. Et puis vous, qu'attendez-vous de la vie ? Vous pouvez passer votre bras sur mes épaules. Il me semble que je claque des dents.

« Regardez-moi ce t-shirt, il est tout trempé. Si j'étais à votre place, j'irais enfiler d'autres vêtements, quelque chose de sec ; vous passerez pas la nuit. Allez ! Je fais le guet. »

Comme revenue d'un long sommeil, se retenant pour ne pas trop claquer des dents, elle jette un regard appuyé sur cette main agrippant la manche de son t-shirt. Se faire parler de la sorte en cet endroit, sur ce sofa, se faire paterner de cette façon par un étranger, jamais elle n'aurait cru cela possible.

Réjean ne sait pas sa chance. La semaine dernière encore, avec un nouveau record des ventes d'une nuit à l'autre, Andrea Bernolak n'avait pas de temps à perdre, et c'est Marteau qui lui aurait réglé son cas. Alors que ce soir ! Ce soir, elle se sent bien dans sa lassitude. Belle poigne, puissante main, une certaine assurance tranquille. Il y a plus d'un an, c'est sûr ; elle fait le compte.

Il y a si longtemps qu'un homme... C'est pas le patron qui oserait, beaucoup trop mécano-mécano ; de toute façon, pas sûr que j'aimerais. Vous ne le connaissez pas, vous ; vous ne l'avez jamais vu. Célibataire d'arrière-pays, mécanicien plus près de la retraite que des investissements, la femme n'a peut-être pour lui jamais existé. C'est comme ça, il n'y a rien à redire, mais depuis quelques mois, on dirait que ses rires gras et les crachats de ses amis désœuvrés ont tendance à s'écraser plus lourdement contre les silencieux, les pneus usés, les jantes de roues. Rire sa vie comme on crache son ennui, c'est pas fameux.

Ma foi ! je dégage autant que mon chien. Vous avez raison, si je persiste à mariner comme ça dans l'humidité, je risque de tomber malade. Allons-y pour un chemisier sec : « Vous avez raison. Tenez mon melon, je reviens dans cinq minutes. »

C'est magnifique, c'est tout décidé, songe-t-il en la voyant ouvrir la porte ; aussi bien passer la nuit ici, à quelques centaines de kilomètres de ton point de chute. Malgré nos longs silences, je crois que nous avons plein de choses à nous dire.

Que sont devenus mes menhirs ? que sont devenus mes peupliers ? que sont devenus mes outils ? Qu'ont-ils fait de la maison, de mon plateau des équinoxes ? Revenir chez moi, si elle savait comme ça me fait drôle. C'était pas prévu, vraiment pas prévu. Il aura fallu un coucher de soleil en Galice ; vision essentielle, plus forte que tout.

Ici, c'est les Bois-Francs, si je me souviens bien ; nous ne sommes pas très loin de Victoriaville. Forêts lumineuses au cœur de la nuit. Cercueils vernis en devenir. Tout était réglé, même que c'était pas si mal. Mourir en Europe, dans l'appartement d'une femme, en pleine montagne ou au fond d'une décharge, mais crever ailleurs pour ne plus jamais fouler cette terre d'Amérique.

*

Belle invention que la douche. Oh ! que c'est bon ! Des bulles dans les cheveux, dans le cou, dans les yeux.

Ça pique, maman, que ça pique ! Relents de sueur, vapeurs d'essence, poussière d'asphalte. Tourner sur soi-même sous l'eau tiède, comme dans un manège. Du savon sur tout le corps. Massage revigorant. L'eau et moi, c'était pas le duo parfait, surtout la douche froide, à chaque fois le drame. Je ne voulais pas mourir toute propre au mois de mai, à dix ans, comme Ladislav. Il courait vite, il courait trop vite. Renversé par un camion, tu te souviens, juste à la sortie de l'école, sous le grand tilleul.

Couché dans une boîte, il dormait dans le satin, propre et bien peigné. La veille encore, je lui avais raconté des tas de choses. C'est ce jour-là que j'ai décidé de vivre sale ; tu ne reconnaissais plus ta petite fille, tu t'es retournée vers mes frères.

Je voulais être puante, maman, avoir les bras et les jambes crottés, les vêtements déchirés. Cracher par terre, rire comme une retardée, sans plus m'arrêter, comme les enfants de la zone, à la sortie de la ville. Ils jouaient des jeux dangereux, les petits sales, mais ils ne tombaient pas sous les roues de camions. Je voulais dégager de partout, de tous mes orifices, ne plus me brosser les dents, comme toute bonne communiste devait le faire, repousser les messieurs propres, les écœurer de mon odeur.

Tu n'as jamais su, maman, j'ai gardé le silence, mais je faisais tout pour repousser ces mains propres qui cherchaient à me faire mal, à me toucher sous la robe. Cette fois-là, je me suis salie partout pour gommer ce qu'il m'avait laissé entre les jambes, le monsieur si important, le vieil ami de papa. « Chut ! ma petite. Tu ne dois pas parler de ça à ta mère… »

Miroir, miroir, tu veux sortir de ta brume et me dire qui, cette nuit, est la plus belle ? Tu vois, maman, ta fille est libre de toute saleté. Dire que la dernière douche remontait à samedi ! « Mince ! Quatre jours ! » Tenez-vous bien, je me sens d'attaque ; on pourrait croire que j'ai passé la journée à dormir. Où ai-je bien pu le fourrer ? Dans la penderie, peut-être ? Voilà ! Pas mal du tout, ouvert comme ça sur cette camisole. Marteau ne reconnaîtra plus sa maîtresse !

*

« Tu veux bien cesser ces folies, ordonne-t-elle à son chien en débouchant au rez-de-chaussée. Tu ne reconnais plus ta maîtresse ? » Tu me fais peur, si tu veux savoir. Laisse-moi ! Tu vas finir par tout me déchirer sur le dos ! « Couché ! Couché, j'ai dit ! » Complètement givré !

Pour acheter la paix, elle pige un biscuit dans le sac caché derrière la caisse. Lorsque vient le temps de le lui offrir, il le refuse net : « Et tu en rajoutes ! » Cesse de gronder comme ça. C'est à croire que tu ne m'as jamais vue en queue de chemise. T'es allergique au blanc ? T'es pas mon père, t'es pas ma mère. Couche-toi ici, près du radiateur ! Te gêne pas ; tu peux passer la nuit à l'analyser, ton biscuit. »

Cette fois, il lui a vraiment fait peur ; elle en est encore remuée. Franchement dangereux, le solitaire dressé à la dure ; ne pas jouer avec les nerfs du chien devenu jaloux :

« Coca-Cola ou Canada Dry ? fait-elle en pigeant de la monnaie dans la caisse.

— Vous avez de la bière ?

35

– Pas d'alcool.

– Alors, c'est comme vous voulez. »

Dans la minute, elle lui tend l'une des deux canettes de *ginger ale* avant de se laisser tomber sur le sofa. Vous pouvez bien sourire, songe-t-elle, il s'en est fallu de peu pour que j'y laisse ma peau. Et vous voulez me dire ce que vous faites avec cette canette dans une main et ma barre de fer dans l'autre ?

« Vous savez, c'est ma barre de la dernière chance. C'est une idée du patron. Je la dissimule sous le sofa, mais soyez sans crainte, les arts martiaux, je connais aussi. »

Je bande, je bande ; vous faites exprès ou quoi ! Les cheveux encore mouillés, la tête ébouriffée, la chemise ouverte sur cette camisole ; on se croirait sur une plage après l'orage. Photogénique, votre tenue, à mi-chemin entre la robe de mariée et la blouse du chirurgien. Et vous savez parler aux cabots ! Vous voyez cette barre de fer ? Je l'ai trouvée par hasard sous le divan, tout juste par ici.

« C'est comme vous dites, jeune femme, objet de dernier recours. Vraiment, je n'aimais pas l'entendre gronder de cette façon. Je vous le jure : s'il vous avait manqué de respect, s'il avait montré les crocs, je lui aurais froidement défoncé le crâne, chien de garde ou pas. »

Il se penche pour remettre le lourd objet sous le divan. Et puis il allonge le bras pour lui rendre son chapeau. Allez, faites comme moi : buvez un bon coup de cette infecte boisson plutôt que de me zieuter de cette façon. Vous savez, si je ne me retenais pas, je vous prendrais ici même, sur votre divan qui pue, et vous l'auriez bien mérité :

« C'est d'un chic, se contente-t-il d'avancer ; on ne lésine pas sur la qualité !

– Polyester et coton. Soixante sous à la Saint-Vincent, précise-t-elle en prenant la peine de bien ajuster son melon sur la tête. La femme qui s'en est débarrassée était sûrement comptable ou PDG. »

Comptable, femme d'affaires ou propriétaire d'auberge, c'est comme vous voulez. Je ne sais pas, mais à vous regarder, on acquiert vite la certitude qu'elle devait faire dans la séduction totale. Beau personnage que le vôtre, comme un archange chargé de veiller sur l'autoroute. Je ne saurais dire si c'est votre melon ou cette mèche qui retombe derrière votre oreille, vos jambes sous la chemise ouverte, le feutre noir, mais vous me clouez sur place. Et puis, vous me fascinez par vos silences. Et si j'étais esclave de vos silences ? Et s'il était une fois ; pourquoi pas, vous me semblez sensible aux mots : « Il était une fois... »

Oh oui ! racontez-moi une histoire. Une histoire faite de beaux paysages, de personnages partis à la recherche d'espace. Faites de moi votre public ; racontez-moi comme me racontait parfois mon père, le soir après son travail, comme me racontait l'an passé mon débardeur, là-bas, dans son salon, parfois la nuit entière. Je redeviendrai enfant ; je resterai bien sage, je me bercerai de votre voix. La seule trame possible sera celle de la pluie. Je vous écoute, j'attends les mots ; je sens que ça s'en vient...

« Il était une fois... »

# III

« Il était une fois un enfant qui aimait les images… Toutes sortes d'images : photos en couleurs éparpillées dans les livres épais comme ça ou dans cette revue que je feuillette maintenant, daguerréotypes poussiéreux sauvés des eaux, dessins à l'encre de Chine, reproductions de sombres graffiti sur les murs, à Berlin comme à Tokyo, sur les wagons, photos de traces sur la neige, de gares de triage en plein soleil, du ruissellement de la pluie dans la ruelle, de l'agonie du jour dans les arbres, de cette femme toute en blanc assise près de lui, les genoux remontés sous le menton…

« Sa passion de l'image était bien réelle, mais un bon jour, esseulé comme il aimait l'être, dans un café à la sortie d'une ville, quelque part entre Grenade et Séville, alors qu'il prenait son premier café de la journée, jetant parfois un œil au patron lecteur de journal, il se rendit compte que toutes ces images, la représentation des objets ou d'une atmosphère, c'était bien beau, mais la vraie vie, elle, y était absente ; la réalité, les drames se nouant et se dénouant hors du cadre…

– Oui, et alors ?

– Alors, dites-vous ? L'enfant aux images se redresse un tout petit peu pour se dégourdir les jambes… Ensuite, il confie à l'archange de l'autoroute que du *ginger ale*, c'est bien bon, mais étant donné l'effort intense qu'on lui demande de fournir, il lui faut plutôt une bonne dose de café. Après, et après seulement, il trouve la force de continuer. »

Frissons partout sur les bras, frémissements dans le bas du dos. « Archange de l'autoroute » ; elle a bien entendu. Malgré la présence de la pluie qui fouette les idées, elle ne peut rester insensible au lyrisme.

Mais où veut-il en venir avec sa réalité ? Hâte d'entendre la suite ; oui, sachez qu'Andrea est fort intéressée. Alors vous l'aurez, votre café, mais je crois bien que vous devrez vous le préparer vous-même.

Encore sous l'emprise des mots, mais soudain réveillée par les phares d'une camionnette se dirigeant vers les pompes, beaucoup plus par instinct que par inclination au travail, elle remet les pieds par terre pour retourner à sa caisse. Cette quête de lumière, ce besoin viscéral de toujours partir pour voir, enregistrer sur pellicule les rides d'une vieille dame d'Halifax, le pont ruisselant du cargo dans la tempête, le débardeur se roulant une cigarette en fixant l'objectif, oubliant sa bouteille de bière, taverne de l'avenue du Port. Il lui semble qu'elle se résume à ça, sa propre vie : une quête d'images, la mise en capsule d'une fraction d'intensité.

Avant de franchir le seuil de la porte, et non sans lui adresser un sourire, elle y va sans détour : « Suivez-moi. Faut pas avoir peur ; il semble s'être assagi. C'est à l'étage, vous verrez, je tiens mon café dans le frigo. La cafetière doit traîner quelque part ; vous finirez bien par trouver. »

*

Bancale baraque, méchant bordel ! Ça rappelle des souvenirs ; qu'a-t-on fait de ma maison ? C'est pas le ménage qui l'étouffe ! Les fringues qui traînent sur les chaises ; des bas, des camisoles. Tiens : une petite culotte. Des revues de photos partout, par terre, sur les divans ! Il y en a même par ici ; ça se peut pas ! Des revues dans l'armoire ! Et pas la moindre trace d'une cafetière. Réjean, je crois que tu es tombé dans un marché aux puces.

Qu'a-t-il bien pu faire de mes meubles, de mes outils ? Il a probablement tout rasé après mon départ. Le proprio ! Tout le monde le dit : c'est pas beau, une maison croche perdue dans la broussaille, et ça coûte cher en taxes. S'il n'est pas déjà mort, il a dû vendre tout ce qu'il pouvait. Les menhirs, il n'a pas dû y toucher. Le dynamitage, disait-il, si c'est pas une nécessité, c'est une perte d'argent. Café, café, café ! Où es-tu passé ? Voilà. Et maintenant, la cafetière.

Où a-t-elle pu la fourrer ? Peut-être par ici, sous cette pile d'assiettes. Pas forte en classement, la fille. Sauce rougeâtre séchée, dégueulasse ! Non, pas avec des pâtes, chili non plus ; restant de goulash, peut-être. Ça pourrait expliquer l'accent, léger, mais un petit quelque chose. Voilà, c'est trouvé : il y aura du café pour deux. Petit rinçage. Cette boule de verre, tiens, ça me dit quelque chose. Incrustée de paillettes métalliques ; déjà vu ça quelque part.

S'il n'y a pas dans cette maison la collection complète de *Life*, on n'est pas loin du compte. Une mine de photos, rouleaux de pellicule sur la table, deux appareils.

Nikon, bonne lentille, haut de gamme. Leica, pas jeune, pas donné ; il a fait la guerre, c'est certain. Mais d'où peut bien sortir cette fille ? Pompiste à temps perdu, désœuvrée professionnelle ou photographe d'agence ? Et moi, détective ! Me serais-je cette nuit transformé en détective ? C'est pas ta vie, Réjean, c'est pas tes affaires. Alors, tu redescends l'escalier ou tu attends qu'elle monte ?

Espérer le départ de son client, tiens ! Regardez-moi ça ! Pétrifié comme un enfant devant la pompe ; il est sans doute en train de se poser la question du comment. Pas très brillant, mon gars ; peux-tu seulement me voir ? Mais tu as une belle camionnette ; elle ferait mon affaire. Non, pas comme ça, le pistolet ! Si Charlot te voyait ; t'es saoul ou tu fais exprès ! Aussi bien laisser tomber le rideau.

Espérer plutôt le café. Ah ! se laisser tomber dans un bon vieux sofa bien sec, se plonger dans l'esprit de Woodstock ou de Monterey, pour ne plus attendre que le sifflement libérateur. Hendrix ! Jimi ! si tu consentais à venir rôder dans cette maison pleine de vieilles revues, tu pourrais quasiment te croire chez le dentiste.

« Alors, vous avez trouvé ? »

Venant du rez-de-chaussée, amplifiée par la cage de l'escalier, la phrase lancée sur un ton faussement impératif lui tire un sourire : « Ça vient, lance-t-il, ne quittant pas de l'œil la crinière de Janis. Vous le prenez avec ou sans sucre ? »

Sans sucre, évidemment ; le contraire eût été sidérant. Et voilà, madame ! Ce ne sera pas bien long ; encore deux petites minutes et vous serez servie. Peut-être dépareillées, mais ces tasses feront l'affaire. Ai-je bien entendu ? Une accélération ? Il était temps qu'il parte, l'expert en plein d'essence. Bon voyage, Charlot ; Baie-Comeau ou Vancouver, n'importe où, mais laisse-nous tranquilles.

*

L'expert en plein d'essence, elle l'aura vu hésiter devant la pompe, elle s'en sera aussi amusée, et c'est avec un certain soulagement qu'elle l'aura vu rejoindre la bretelle de l'autoroute. Ayant repris possession de son sofa depuis un bon moment, elle profite du fait que ça n'arrive pas toutes les nuits : en toute légèreté, elle tourne la tête pour accepter le café qu'il lui propose. L'offrande, geste rare chez Réjean, vraiment pas dans ses habitudes, et le mouvement sera opéré avec une certaine gravité. Après coup, il ira s'adosser à son tour contre la colonne ; la bourrasque étant chose du passé, la pluie ne pourra jamais l'atteindre.

Ô maman, que c'est bon ! Je me sens revivre. Comme c'est bon, la présence de cet homme dans ma pénombre. Laissez-moi vous regarder ; demain vous n'y serez plus, c'est certain. Pour me remettre de mes émotions, je crois que je vais emprunter la remorque du patron pour aller du côté de Victoriaville. Demain, croyez-moi, ce sera la chasse aux jeunes hommes, et le téléobjectif sera de mise : « Puissant, votre café, vraiment comme il faut. Et alors, qu'est-il arrivé à l'enfant aux images ? J'écoute. »

Eh ! l'enfant aux images ; la nuit est si belle que j'ai oublié. Vous dire comme je me sens neuf, adossé contre cette colonne. Allez, portez plutôt votre attention sur l'arôme du café, et laissez-moi un peu de temps. C'est ça, regardez-moi, analysez-moi. Vous trouvez pas qu'avec mes quarante-trois ans, je fais plus casseur de paysage qu'enfant poète ? Pour tout dire, mais je n'oserai pas l'exprimer : je crois bien qu'avec mes histoires d'images et d'Espagne lumineuse, je suis tombé comme une proie facile dans votre piège. Laissez-moi aussi vous observer : « Il est beau, notre silence. N'est-ce pas, jeune femme, qu'il est magique, notre silence ? »

Comme ça, voyez-vous, les jambes repliées sous votre poids, toute légère dans votre chemise, le melon laissant à peine entrevoir vos yeux, vous faites châtelaine dépossédée. Cette façon que vous avez de porter la tasse à vos lèvres ! Je suis sous l'emprise. Et vous pouvez me dire comment un enfant aux images pourrait répondre de façon intelligente ? D'autant plus que vous m'avez presque tout permis ; non seulement ai-je pu découvrir votre bordel intime, votre univers particulier jusqu'à vos vêtements sales, mais j'ai pu jeter un œil sur vos deux appareils et les rouleaux de pellicule traînant sur la table. Vous, vous êtes réellement une enfant aux images ; vous ne pourrez jamais affirmer le contraire.

Allons, Réjean, tu dois maintenant réagir, te forcer un peu, t'ouvrir la trappe plutôt que de continuer à vouloir t'imprégner de la nuit pluvieuse. Songer à lui répondre avant la levée du jour. Tu devrais à tout le moins cesser de fixer ce camion. Va plutôt te rasseoir près d'elle, sur son divan. Jeune femme, pourrais-tu alors lui dire, votre café est excellent, il vous remet son homme d'aplomb, et cet homme vous désire comme ça ne se peut pas. Aussi bien rester ici, adossé contre ma colonne : « Vous aimez qu'on vous raconte des histoires !

C'est bien, la nuit s'y prête. Ça se passait donc entre Séville et Grenade, et c'est arrivé peu de temps après une escale prolongée à Toulouse.

« En quittant l'hôtel vers neuf heures trente, l'enfant aux images n'avait eu qu'à traverser la rue pour vérifier l'horaire des trains. Deux heures d'attente, le temps d'aller boire un dernier café avant de partir. Il n'avait pas eu à aller bien loin, en fait, juste un peu plus bas ; un endroit tranquille qu'il avait ciblé la veille alors qu'il était à la recherche d'une chambre.

« Le café en question était tenu par un Maure corpulent. De la table où il était installé, l'enfant aux images pouvait voir la lumière du soleil frapper le plancher dans le prolongement des fenêtres. Appuyé contre le comptoir, le patron lisait son journal. On aurait dit un phoque heureux d'avoir trouvé un peu d'ombre.

« Tout dans la pièce respirait le calme, pour ne pas dire l'ennui. J'avalais par petites bouchées ma pâtisserie, je me contentais de voir le temps passer, je profitais du silence relatif pour sentir les secondes me couler dans les veines. J'aime bien l'exercice. En fait, comme il aimait le faire partout où il se trouvait, l'enfant aux images prenait plaisir à observer la vie autour de lui. Comme ce vieillard franchissant le seuil pour aller s'asseoir là-bas, presque en face de lui, un peu en retrait, du côté du mur jaune orné de trophées. Comme cette dame respectable, là-bas, sur le trottoir d'en face. Elle descendait la rue avec fierté, tenant bien en laisse son petit bâtard. Vous voulez me dire pourquoi je vous raconte tout ça ?

— Parce que je vous l'ai demandé.

— Alors tant pis, vous l'aurez voulu. En prenant bien son temps, le patron a préparé le café pour le vieillard et après coup, il est allé lui servir la petite tasse brune. En revenant derrière son comptoir, il s'est remis pour un moment à sa lecture, puis il a levé les yeux.

« On aurait dit qu'il cherchait une réponse. Le meilleur buteur dans l'histoire du Mundial, la plus grosse foule, la dernière victoire de son équipe ? Peut-être aussi en était-il aux mots croisés. Le plaisir de scénariser, de donner vie à l'autre, de jongler avec les possibilités. Peu importe, je savais que sous peu, j'allais me retrouver dans le train pour Grenade. J'appréciais le décor, la beauté de celui qui jouait à la perfection son rôle de tenancier ; j'éprouvais de la compassion pour le phoque qui suait de si bonne heure dans sa chemise.

« Et puis tout s'est passé si vite. On aurait dit un rituel, un geste longuement étudié, mille fois répété ; une façon de faire parfaitement mise au point devant un miroir. Il a refermé son journal, puis il s'est mis à articuler quelques syllabes. Deux mots, pas plus, et toujours les mêmes. Au début, c'était à peine audible. On pouvait toujours s'en amuser, mais ça gagnait chaque fois en intensité, comme un leitmotiv, jusqu'à ce qu'on n'entende plus rien venant de la rue. "*En pana*", se contentait-il de radoter, les yeux ne quittant plus le plafond. "*En pana, en pana, en pana.*" Mais où donc voulait-il en venir ? Irrité, le vieillard a fini par tourner la tête. Le phoque a alors glissé la main sous le comptoir, et trois secondes plus tard, il se logeait une balle dans la bouche. C'est tout simple : c'est là qu'il avait voulu en venir avec sa panne. »

\*

Pour un moment, elle restera pour ainsi dire absente, les bras croisés sous la poitrine. Prendre le temps de se statufier sur le sofa, pour seulement imaginer la scène, pour mieux la ressentir, en ses propres veines.

Mince ! ce type s'est flingué devant moi. Cette façon de mourir, d'en finir avec sa cafetière et ces clients devenus prévisibles ; c'est du pur théâtre. S'en tirer une dans la bouche !

Étiez-vous en panne d'énergie, en panne d'amour ou en panne de désir ? Et vous, songe-t-elle en décidant de poser les yeux sur son raconteur d'histoires devenu muet, que peut-il bien se passer dans votre tête ? Vous êtes maintenant tout silence et vous perdez votre temps à analyser l'ongle de votre pouce. Est-ce bien vous qui m'avez raconté cette histoire ? Ça vous fait sourire ? Moi, ça me bouscule.

Après un court moment de réflexion, son idée est toute faite, et elle finit par s'extirper du sofa : « Bougez pas d'ici, j'en n'ai pas pour bien longtemps. » Du coin de l'œil, il la voit quitter la place, la tasse vide à la main. Que se passe-t-il ? Lui aurait-il rappelé un mauvais souvenir ? Avec cette averse devenue légère et l'eau fuyant dans les gouttières, le son atténué de la porte-moustiquaire se refermant derrière elle prend figure de point d'orgue.

Eh bien ! songe-t-il en avalant une dernière gorgée, il faut croire que mon image était trop violente. Et maintenant, que faire ? Attraper mon sac et quitter l'endroit avant qu'elle revienne ? Aussi bien partir tout de suite. De toute façon, il faudra bien arriver un jour. Qu'a-t-il pu se passer en mon absence ? C'est particulier, serait-ce la proximité des Laurentides ? J'ai hâte de

revoir mes menhirs. Ce doit être envahi par la broussaille, mais les peupliers doivent être magnifiques. Espé-
rons qu'un bûcheron en mal d'action n'aura pas eu
l'idée de les faucher. Combien de lunes ont éclairé mes
roches ? Combien d'étés, combien de tempêtes ? Il fallait partir, Réjean ; personne n'aurait pu t'en empêcher.
Il fallait toucher Stonehenge, parcourir l'Irlande, la Bre-
tagne, la Galice. Tu voulais voir la Galice ; tu voulais te
rapprocher des Celtes.

Mais pourquoi lui ai-je raconté ça, précisément, cet
homme se tirant une balle ? Façon d'en finir avec une
vie en tous points viable pour le commun des mortels.
Pourquoi, cette nuit, lui raconter ça ? Pour me rendre
intéressant, pour l'épater sur sa galerie ?

IV

« Quel plaisir, lance-t-elle quelques minutes plus tard en venant le rejoindre sur la galerie, comme cette pluie est bonne à entendre. » L'allure conquérante, elle attend qu'il porte vers elle son regard pour lui proposer une bouteille de rouge.

« Subtil ruissellement, ajoute-t-il avant de quitter des yeux la cour d'asphalte, ça vous effleure le métal. » Plutôt surpris de la voir tenir une bouteille déjà ouverte, il lui avoue qu'il n'en demandait pas tant.

Belle trouvaille. Regardez-la, songe-t-il en acceptant le verre qu'elle lui tend, on pourrait croire à une championne des arts martiaux.

Avouez que vous vous attendiez à tout, mais pas à ça. Faudrait peut-être songer à me remercier, se dit-elle, se servant à son tour avant de se laisser choir sur le sofa. C'est fort généreux de ma part. Allez, c'est tout réglé, votre sourire fera l'affaire. Mettons que c'est déjà pas mal : « Maintenant, racontez-moi une histoire ; j'ai soif d'espaces. »

Voyez-moi ça ! C'est à désespérer des hommes. Le rouge, c'est tout ce que ça vous fait ! À peine la force d'ouvrir la main pour cueillir quelques gouttes de pluie ? Alors, vous seriez magicien. Si tel est votre désir, il cessera bientôt de pleuvoir ? C'est bien ça ? Effleurer le métal, disiez-vous, c'est une belle image. Croyez-moi, adossé contre la colonne, le voile d'eau derrière vous, peut-être êtes-vous moins exotique que votre tenancier de café, mais vous faites aussi un beau personnage. Combien de kilomètres dans ces jambes, combien de plats et faux plats, combien d'aventures dans cette tête ?

Vous savez, les silences sont avec vous d'une qualité ! Ça donne au vin un goût de terre. J'aime bien l'idée du personnage ; elle permet de mieux appréhender la nuit. Pour raconter pareilles histoires, je crois qu'il faut aimer la nuit, des nuits comme celle-ci, toutes en longueur. « *En pana, en pana, en pana* », se répétait votre phoque avant de se tirer ; réalité ou fiction ? Peu importe. La panne sèche, n'est-ce pas la raison de tous les suicides ? Eh ! bougez-vous un peu !

Silences de qualité, peut-être bien, mais trop c'est trop ! À ma connaissance, le rouge n'a jamais rendu personne muet. C'est à vous de raconter, pas à moi. Que se passe-t-il ? Vous étiez tout à l'heure si habité par votre personnage. Je n'aurais pas dû vous offrir de l'alcool ; j'aurais dû m'en tenir au café. Si je vous laisse faire, vous allez bientôt vous endormir sur place. Allez, un petit effort ; je ne mérite pas quelques mots, moi ? Voulez-vous que je réveille Marteau, que je vous l'envoie pour de bon dans les pattes ? Je vais vous bousculer, moi ; ne croyez surtout pas que je vais accepter plus longtemps votre mutisme.

\*

« Moi, fait-elle en y mettant plus d'énergie que nécessaire, je carbure aux paysages. Je photographie des hommes, des femmes et parfois même leurs enfants, mais ce qui m'intéresse vraiment, ce sont les paysages. C'est une question de lumière. Vous connaissez Katia Krafft ?

— Non, laisse-t-il tomber après une pause bien marquée, je ne connais pas cette femme.

— Elle photographiait les volcans, mais elle n'a jamais voulu vendre ses photos. Question d'éthique. Katia et Maurice Krafft chassaient les volcans partout sur la planète. Ça s'est terminé il y a deux ans, au Japon. Tous les deux pulvérisés par une nuée ardente. Une fraction de seconde, fossilisés, avec quelques autres, comme des insectes pris de court. Trop grande témérité ?

— Ou passion assassine. Des nuées ardentes, comme vous dites, il y en a partout, sauf qu'elles prennent chaque fois une forme différente. Il me semble que nous retrouver ici, seuls tous les deux… Malgré votre barre de fer et votre connaissance des arts martiaux, c'est plutôt risqué. N'est-ce pas aussi faire preuve de témérité ?

— Cette nuit ? Avec vous ? Sincèrement, je ne crois pas. Je contrôle assez bien mon environnement pour savoir à qui je m'adresse. Enfin, c'est un peu gros comme affirmation ; il m'est parfois arrivé de frôler la catastrophe. Mais c'est de la vieille histoire. Disons que je serais plutôt une Katia Krafft du paysage stabilisé. C'est plus sûr. On pourrait dire que dans chaque veille de tempête, je retrouve mon élément : le calme profond. Et sachez que je la choisis toujours, ma tempête. Elle peut durer un certain temps, mais lorsque j'en ai assez, lorsque je sens venir le danger, je plie bagage, sans crier gare. Ça remonte à l'adolescence ; pas capable de rester en place. C'est aussi votre cas, n'est-ce pas ? »

Ne recevant aucune réponse, ne serait-ce qu'un mouvement de tête complice, elle juge nécessaire de s'avancer un peu plus : « Je retrouve toujours avec félicité ma solitude. Partir seule, sans entrave, tout laisser derrière soi, reprendre la route. Saisir la lumière, c'est mon job, et pour cela, il me faut être seule. Je reçois des traites de l'agence ; ce n'est pas la richesse ni la gloire, mais c'est bien.

« Vous savez, si je demeurais trop longtemps au même endroit, deux ans, trois ans dans le même paysage, je crois que le cimetière finirait par agir sur moi comme un aimant. Je ferais probablement comme votre type, là-bas, en Espagne. Il ne faut pas s'éterniser ; je pars toujours avant les questions. C'est mieux ainsi.

– Et l'autoroute, avance-t-il en songeant au grand virage, vous aimez vraiment la proximité de l'autoroute ?

– C'est le paysage dans lequel j'ai débarqué presque par hasard, il y aura bientôt un an. Mais j'aime bien. Le transport de la marchandise, ça n'arrête pas une minute. Le courant est si fort qu'il me fait apprécier mon chemin de traverse. Vous voyez ce camion ? Vous avez vu cette femme ? Une bête de somme. Elle vient se reposer ici, périodiquement, le temps d'une nuit. Je l'envie parfois, mais le plus souvent je la plains. Il me semble qu'à se transporter d'un point à l'autre sans jamais s'arrêter, il me semble que... Enfin ! c'est pas mon problème. Elle peut très bien se débrouiller sans moi. Dites, c'est ma mère qui vous a envoyé ?

– Quoi ?

– Vous avez très bien entendu : est-ce bien elle qui vous a envoyé par ici ?

– Évidemment, fait-il après un moment d'hésitation, décidant de jouer le jeu, ça va de soi ! Ça ne prenait qu'elle pour m'envoyer dans ce trou. Ça ne prenait qu'elle pour me faire perdre mon temps alors que je devrais déjà être au travail.

– Ah oui ?

– Eh oui ! Je suis vendeur de rêves, vous savez, et les vendeurs de rêves ne doivent jamais chômer ; c'est écrit en toutes lettres dans leur contrat. Toute une femme, votre mère, croyez-moi, c'est vraiment une femme remarquable ! Allez, un p'tit coup à sa santé ! »

Merci, maman, se dit-elle en remplissant son verre avant d'allonger le bras pour qu'il attrape la bouteille. Tu veilleras bien toujours sur ta fille ; ce type me plaît, tu peux pas savoir. Regarde-moi un peu ce sourire tout plein d'humour. Je craque. On pourrait jurer que juste là, à deux mètres de moi, le paradoxe s'est matérialisé dans la pénombre. Tu t'occupes vraiment très bien de ta fille ; alors sois sans crainte, tu recevras bientôt une lettre. Somme toute, j'aurai donc bien fait d'ouvrir cette bouteille. Tu vois ça ? En un seul corps, le plus grand naïf de la planète et le plus lucide des hommes.

*

« On vous a déjà dit que... tu étais fascinante... hallucinante... bouleversante ?

– Bouleversante, jamais.

– Forcément. C'est pas tous les jours fête. Ravissante, aussi ; on a sûrement dû te le faire savoir, dans toutes les langues et de toutes les façons possibles. Pompiste ! Tu vas finir par te salir intégralement dans cette mer d'huile. Tu es consciente qu'avec ton melon sur la tête et cette façon raffinée de porter la chemise… J'ai beau être épuisé, je n'ai qu'une seule envie : m'approcher de toi et prendre ton visage entre mes mains.

– Alors celle-là, jamais entendue.

– T'es sérieuse ? Il y en a par ici qui dorment comme des brutes ! Manque chronique d'imagination. Allez, parle-moi un peu d'elle.

– C'est drôle, avoue-t-elle en appuyant les coudes contre les genoux, comme pour mieux se faire entendre, d'habitude, personne ne s'intéresse à la mère de la fille. Les hommes ont plutôt tendance à vouloir la tuer, la mère, n'est-ce pas ? Ils font tout pour la nier, la gommer ; ils ne veulent pas en entendre parler.

– Eh bien moi, non. Disons que c'est une question de curiosité, mais surtout, j'aimerais bien savoir pourquoi elle m'a envoyé ici. Allez, tu en as déjà trop dit ; tu brûles d'envie de parler d'elle. Je te propose un pacte : tu me parles de son paysage, de ton pays, et après, je te raconterai une autre histoire. »

*

« Ma mère ! laisse-t-elle tomber après avoir posé son verre par terre, tout autant pour rouler méticuleusement les manches de son chemisier que pour se donner du temps. Vous voulez que je vous dise : ma mère, elle était justement prisonnière de son paysage. C'était ça, les années soixante en Tchécoslovaquie. Lorsque mon père est mort, j'avais quatorze ans, et c'est pour cette raison qu'elle m'a exhortée à partir. Il était trop tard pour elle. Enfin, c'est ce qu'elle se plaisait à répéter, sans doute par manque de courage. "Il y a encore tes deux frères", me répondait-elle avec exaspération lorsque je lui disais qu'il nous était toujours possible de partir tous les quatre pour Prague. "Il faut que je travaille pour les nourrir ; je ne peux pas quitter l'usine."

« Quelques années plus tard, je venais à peine d'avoir dix-sept ans, elle m'a mise au pied du mur : "Tu pars demain, ma fille, et dis-toi que c'est pour ton bien." Peut-être était-elle fatiguée de me voir si peu dégourdie, de me voir perdre mon temps avec des types qu'elle disait sans envergure. Pour moi, le problème n'était pas là, je m'amusais bien avec eux, mais vous savez, une mère, ça voit des choses !

« "Quitte cette ville au plus vite, m'a-t-elle dit un soir en l'absence de mes frères, quitte cette ville alors qu'il en est encore temps. Ton père a tout donné au parti, et c'est ce qui l'a tué ; ils vont bientôt lui ériger un monument, tu vas voir. Crois-moi, prends son appareil photo, je ne saurai jamais m'en servir ; va et profite de son nom. C'est ton seul héritage. Tu es jeune, tu n'es pas très dégourdie, mais vas-y, toi, étudier à Prague, imprègne-toi de ma ville. Plus tard, tu pourras faire la belle vie à Moscou."

« Bratislava, ce n'était pas assez pour elle. On peut comprendre ; si mon père était slovaque, elle serait toujours une Tchèque perdue dans un pays qui n'a jamais été le sien. Elle est toujours prisonnière des Carpates, de ces montagnes plantées si loin de sa Bohême.

— Et elle sait, ta mère, que sa fille respire maintenant l'air des Appalaches et des Laurentides ?

— Je la tiens au courant ; je lui dois bien ça. C'est un peu grâce à elle si je vous parle cette nuit, si je peux me permettre le luxe de vivre à côté de l'action. Si j'étais restée là-bas, je crois bien que j'aurais fini à la conserverie. Je n'avais pas à l'époque sa rage de vivre et encore moins son obstination. Alors aujourd'hui, je vis ce qu'elle a toujours rêvé faire avec mon père : découvrir de nouveaux paysages, comme pour donner un sens à celui des origines. Je lui envoie des lettres, des photos et les cahiers de mon journal.

— Et tes frères ?

— Oh ! ceux-là, disons qu'ils ont fini par grandir et avoir des enfants. Mais elle, ma mère, ma confidente, je sais qu'elle travaille toujours à son usine de mise en conserve. Vous savez ce qu'elle m'écrit parfois : "J'aime que tu me fasses voyager sans frontières." Elle y revient sans cesse, c'est comme un leitmotiv. C'était prévisible. Mes études terminées, lorsque je lui ai fait part de mon désir de quitter Prague pour gagner l'Ouest et entrer dans une agence, elle exultait…

— Confidence pour confidence, moi, je n'ai jamais connu mes parents. Je suis devenu ce que je suis sans jamais chercher à savoir d'où je venais. Mon enfance en famille d'accueil, c'était bien, pas pire qu'ailleurs. Le chef de famille était menuisier dans une ville industrielle, pas très loin d'ici, au nord de Québec ; on m'a toujours très bien nourri. C'est à l'adolescence que ça s'est un peu gâté, mais ça. Bref, quelqu'un quelque part m'a un jour nommé Réjean et je suis devenu un "petit Griffin". C'est pas trop mal, on a déjà vu pire. Maintenant, si tu me dis ton prénom, je vais te raconter une autre histoire, celle de l'enfant aux images parti un jour à la recherche de la civilisation celte. Tu vois, on ne s'en sort pas ; toujours l'histoire des origines. Alors, tu me le dis, ton prénom ? Allez, pompiste, sinon je me lève et je vais te vider mon verre de rouge sur la chemise.

— Tu en serais bien capable. Mais un prénom, est-ce vraiment nécessaire ?

— Il me semble. Fido, Juliette ou Machin-Truc, peu importe, je ne veux pas voir ton passeport. Je ne suis pas de la police, mais ce sera toujours mieux que pompiste, n'est-ce pas ? Oui, un prénom ; il me semble que ce serait mieux.

— Alors, je veux bien. On m'a déjà nommée Kim, Andrej, Ema, Teresa la douce, Marie, Sofia de Bulgarie ; ça dépendait de la ville ou du fantasme. Disons Clara ? J'aime bien Clara.

— Alors, Clara, tu t'allonges et tu fermes les yeux. Je t'emmène en voyage, car tel est ton désir. Si tu veux faire plaisir à ta mère, tu peux même l'avaler, ton passeport. À partir de maintenant, les frontières n'existent plus. Nous partons cette nuit en voyage. »

Pour toute réponse, elle lui tend son melon, le chapeau prenant ainsi valeur de témoin pour une histoire qu'elle voudra longue. Puis elle étire les bras à la manière d'une enfant et s'étend sur le sofa.

Ô maman ! se dit-elle en se laissant prendre par la magie, pénombre, pénombre ! C'est si bon d'entendre le ruissellement. Gouttières tordues, mais gouttières quand même, et puis les origines, n'est-ce pas que ça peut expliquer bien des choses ? Vois comme il est touchant. Il s'amuse à tourner mon chapeau entre ses mains, on dirait un enfant ne sachant plus quoi faire de son jouet.

Les bras croisés, elle ferme les yeux, trop heureuse de jouer le rôle qu'elle espérait tant : celui d'auditrice.

# V

Tu es d'une gentillesse, Marteau ; j'ai beau me forcer l'oreille, je ne t'entends plus. Tu as fini par comprendre que ce voyageur-là ne pourra jamais me faire mal. Rester allongée comme ça devant un étranger, dans une position qui me rend vulnérable, les yeux fermés mais à l'affût des sons. La troisième planche, tu l'entends craquer ? Moi, oui. Le bois humide de la galerie, tout entrepris par la pourriture. Craquements sourds, mais comme c'est bon à entendre.

Écoute bien : on dirait la présence d'un chasseur d'images dans un sous-bois, d'un cueilleur de champignons sauvages posant le pied dans la mousse. Et je ne me serai pas trompée : tes mains sur mes joues, maintenant. Ô mère ! Surtout, ne pas ouvrir les yeux ; se laisser prendre, se laisser cueillir. Chaudes, tes mains, ça me rappelle un certain débardeur. Allez, explore-le, mon visage, profite du paysage dans la pénombre ; je te laisse faire, je sombre, je sombre. Peut-être te plairas-tu cette nuit à toucher mes collines.

Comme ça, oui, près du lobe, c'est bon ; raconte-moi ta bouche. Tes lèvres, elles touchent à peine les miennes ; je ne bouge plus ; ton haleine, Clara, mes lèvres effleurant tes lèvres, je n'irai pas plus loin. Du moins, pas pour l'instant. Écoute la fluidité de l'eau, moi, je me retire. Si ça craque autant, c'est que j'ai sciemment choisi la retraite. Prenons notre temps, je retourne m'adosser contre ma colonne.

Alors voilà ! se dit-il en observant une longue pause dans le but de reprendre ses esprits, dans le but surtout de laisser tout le temps à la tension de retomber. Alors voilà ! se répète-t-il en se laissant imprégner du ruissellement des gouttières. Pour bien te mettre en état de raconter, tu n'as qu'à river ton regard sur les pompes, et non plus sur cette femme étendue là, tout au plus à deux mètres de toi.

« Il était une fois, fait-il d'un ton posé, un homme attiré par la civilisation celte. "Pourquoi les Celtes ? Qu'est-ce que ça mange en hiver, des Celtes ?" se faisait-il sans cesse demander par des hommes sceptiques ou des femmes curieuses. Car on voulait savoir. Vois-tu, selon certains, le mot accusait une trop forte tendance à revenir dans sa bouche. Bref, c'était sa marotte, cette histoire, comme un leitmotiv qui finit par agacer, et on lui en faisait payer le prix.

– Pourquoi les Celtes ? lance-t-elle d'une voix gutturale, prenant bien soin d'étirer les syllabes, tentant en cela d'imiter la germanique outrée. Pourquoi les Celtes ?

– "Tu ne comprendras jamais rien", répondait-il froidement à l'un ou à l'autre. Les Celtes, donc. Recherche intime, fascination qui vous prend aux tripes sans trop que vous ne sachiez pourquoi. Or, à force de subir la dérision, il se mit à l'autodérision, et le mot lui-même finit par perdre sa force d'évocation.

« En fait, il serait plus juste de dire qu'il gardait le mot pour lui, mais cela ne l'empêchait pas de passer des heures à la bibliothèque municipale. Il n'y allait non pas dans le but d'étancher sa soif ; il n'y serait d'ailleurs jamais arrivé et il ne le souhaitait pas. Il s'y rendait maintenant pour le seul plaisir de se désaltérer, car lire à l'ombre, c'était pour lui comme prendre une bière ou dix au soleil. Puis un bon matin, mine de rien, la décision s'est imposée d'elle-même. Alors que personne ne s'y attendait, il a fini par ranger ses outils, il a vendu le peu de quincaillerie qu'il possédait, il a tout laissé en plan pour aller voir sur place.

« Coup de tête ? C'est exactement ce qu'il se dit en débarquant à Londres : un puissant coup de tête. Tu sais bien, toi, tu sais qu'il n'y a que ça pour s'obliger à dévier d'une voie trop bien tracée, pour quitter l'autoroute qui fera toujours tout pour nous endormir. Alors là, sur le littoral atlantique, dans les sentiers de terre battue qu'il affectionnait particulièrement, il prit tout son temps pour découvrir les sites connus, les sites moins bien connus, pour s'imprégner des paysages, comme tu dis, pour se laisser prendre par les millénaires. Angleterre, Irlande, France, Belgique. Son espoir fou, c'était de se voir lui-même transformé en roche brute, en pierre de taille, pendant masculin de la femme de Sath ; c'était d'être changé en mégalithe nouveau genre, forme vaguement humaine pétrifiée pour avoir trop fixement regardé le soleil incendier l'océan.

« Après plusieurs mois d'Europe celtique, mythique et historique, après avoir cherché en ville comme en rase campagne, parcouru tous ces kilomètres en train, en stop et le plus souvent à pied, c'est en Espagne qu'il a fini par trouver. Corcubion, sur la côte atlantique de la Galice, pas très loin de Santiago, et à la fin du jour. Cette complicité qu'il avait vainement cherchée en son propre pays, il était sur le point d'y toucher ; cette connivence dont il se sentait depuis l'enfance orphelin, elle allait bientôt s'incarner devant lui.

« Par signes ou par larges gestes, on lui avait donc indiqué un endroit sur la côte, et lorsqu'il est arrivé sur place, le soleil s'enfonçait déjà dans l'océan. Lorsqu'il a débouché sur le promontoire en question, ça s'est mis à tressaillir : sous un ciel de feu, le soleil découpait une nef de menhirs orientée vers la mer. Une trentaine de menhirs effilés, trois ou quatre mètres de hauteur. Sous un léger vent d'ouest, j'entendais le choc régulier du marteau contre le ciseau ; dans la pénombre, un homme taillait là-bas son bloc de pierre. Ça s'est mis alors à battre comme jamais dans ma poitrine, et à tourner dans ma tête. J'y étais, je touchais au but, mais fallait-il en rire ou en pleurer ?

« Comme s'il n'y avait pas assez eu de vestiges mégalithiques autour de lui, et particulièrement dans cette région, cet homme-là s'amusait à casser son bloc. Le choc régulier du marteau contre le ciseau ; te dire comme je me sentais appelé. Dans un état second, je me suis rapproché et, comme le soleil pouvait le faire devant nous dans l'Atlantique, je suis entré dans l'image…

– Le moment parfait ! trouve-t-elle la force de chuchoter, les yeux fermés sur l'Atlantique, l'oreille assiégée par le ruissellement. Mon cher Réjean, ajoute-t-elle en cadrant bien la scène, tu auras vécu cette seconde où la situation privilégiée devient moment parfait.

– Oui, Clara, le parfait moment, et j'ai alors ressenti une telle plénitude. Ça confinait à la mort. Chaque pas me rapprochant de cet homme faisait de moi un meilleur capteur de lumière, c'est à jamais dans mes veines... Puis nous avons passé la nuit entière à échanger, à partager les moindres détails de notre folie, à nous tracer des croquis gagnant toujours plus en précision. En matinée, après avoir dormi quelques heures dans sa hutte, il m'a offert le café et présenté ses plus précieux outils. Le soir même, le soleil se couchait une fois de plus dans l'Atlantique, mais nous étions déjà frères de roche...

– *Compañero !* »

Eh bien ! se dit-il sous le coup de la surprise, posant sur la jeune femme allongée un regard empreint d'admiration, toi, tu sais trouver les mots. Ma chère Clara, songe-t-il en goûtant leur proximité, tu ressens tout, tu es d'une finesse. *Compañero* ; il n'y a pas d'autres mots. Alors toi aussi, tu aurais fait le pèlerinage ? Aurions-nous foulé les mêmes sentiers sous la pluie, en plein soleil ? Aurions-nous marché dans les mêmes traces, nous serions-nous restaurés dans les mêmes refuges, à quelques années d'intervalle ? Saint-Jacques-de-Compostelle, toi aussi ?

\*

« Juan-Claudio, ajoute-t-il sur le ton de la confidence, Juan-Claudio Hernandez, c'est son nom. Chaque jour, le soleil devient notre témoin. Imagine un peu. La ressemblance était frappante : même âge, même démarche, même lenteur. Ses amis n'arrivaient pas à y croire ; ils me prenaient pour son jumeau de retour d'exil. Mais il y a plus encore, Clara. Il y a quelques années, de part et d'autre de l'Atlantique, nous avions entrepris la même œuvre, à quelque différence près. Il y a de quoi se soûler pour de bon : son monument pointe le coucher sur mer, et le mien le lever sur terre. Tous les deux, de part et d'autre de l'Atlantique, nous pouvons mourir de rire ; c'est bien parti, il suffit de continuer le réseau…

– Saisissant, mais alors là, ça me dit quelque chose.

– Évidemment, Clara, que tout ça te dit quelque chose. Avec ton discours, le contraire m'aurait étonné… Plus d'une semaine, j'ai profité de son hospitalité ; un monument intercontinental, ça se fête. Tu te rends compte ! Le moment parfait, comme tu dis. C'est un peu aussi comme cette femme de Berlin. Dans la soixantaine avancée, enfin j'imagine. Elle était d'une telle dignité ; on lui laissait tous le passage. Elle effleurait du bout des doigts les blocs éclatés du Mur, comme si elle avait voulu y trouver des restes humains. Pour moi, elle incarnera toujours toutes les mères, et un peu la tienne… Berlin. J'imagine que tu y étais cette année-là.

– Oh ! non ! réplique-t-elle posément, partout sur la planète, mais pas là ! Surtout pas à cette époque. Pour tout dire, ajoute-t-elle avec une certaine retenue, la position allongée sur le sofa commandant plus le silence que la parole, pour tout dire, mon appareil photo, mon chapeau et moi, nous nous sommes aussi retrouvés quelque part sur le littoral atlantique, mais un peu plus au sud, sur les côtes du Portugal.

« C'était la folie à Anvers, je veux dire à l'agence. Pas moyen de communiquer, les lignes constamment occupées. Berlin ! Tous voulaient y être, surtout les collègues de l'Est. C'était un peu leur revanche, ils ne voulaient pas rater pareil Klondike. Alors moi, cette cohue ! T'as remarqué, à l'époque, tous ces conquérants en Mercedez ! C'était indécent de compassion. Tu sais, si j'ai quitté la Tchécoslovaquie, ce n'était pas nécessairement pour fuir le régime qui craquait de partout. J'avais déjà vécu l'éclatement de l'intérieur, alors le Mur ! Non, cet automne-là, au Portugal, je préparais en douce ma traversée. Nous nous sommes peut-être croisés là-bas sans le savoir.

« Mais ton histoire de monument, précise-t-elle en ouvrant les yeux pour mieux se redresser, se contentant pour l'heure de scruter les alentours de l'ampoule du plafond, ça me dit vraiment quelque chose. Si je te disais que j'ai photographié des menhirs, et pas très loin d'ici. Un peu au nord de Québec ; à la sortie d'une ville portuaire avec plein d'avions militaires qui vous passent sur la tête... Hé ! t'as pas fini de sourire de cette façon ? »

Méchant caractère ! songe-t-il. Faut pas jouer trop longtemps avec les nerfs de madame ! Si tu te voyais, Clara, si tu pouvais voir les traits de ton visage. Tu ferais peur à un Polonais. Attends un peu, laisse-moi du temps, je vais bientôt faire un effort. Je crois bien que tu mérites quelques précisions : « Oui, Clara, tu as visé dans le mille avec ton appareil : ces menhirs-là, ce sont les miens, et si tout se passe comme prévu, je les reverrai dans quelques heures... »

Je t'en prie, Clara, ne me réveille surtout pas. Nous deux, cette nuit, sur ta galerie. Pourquoi suis-je ici, et pourquoi pas là ? Dire que le type qui m'a débarqué tout à l'heure me proposait de passer la soirée au village.

Tu te rends compte, toi qui ne sembles plus savoir quoi faire de tes yeux, nous nous serions manqués. Tu as photographié mes images, et à côté, sur cette voie rapide, ils ne pourront jamais savoir.

« Tiens, tu peux reprendre ton melon. C'est ton accessoire, pas le mien…

– Près d'un an que je passe mes nuits dans cette piaule à essence, avoue-t-elle en reprenant son chapeau, j'en ai vu d'autres, mais celle-là ! Tes menhirs, tes déroutants menhirs ! Tu sais que l'agence a vendu trois photos de ma série à un éditeur suédois ? Pour une revue d'art contemporain, je crois.

– Arrête, Clara, tu vas me faire pleurer. »

*

« Tu sais, j'ai passé un an dans ton coin, mais j'ai découvert ton monument quelques semaines seulement avant de partir. On ne s'attend vraiment pas à trouver pareille installation en un tel endroit. Si je me souviens bien, c'est une œuvre inachevée. J'imagine que tu vas t'y remettre.

– J'en ai l'intention.

– Et tu n'as pas peur de retourner là-bas ?

– Pourquoi la peur ? Si tu pars sans demander la permission, il me semble que c'est pareil pour le retour. Aurais-tu peur de retourner chez ta mère ?

– Non, mais je n'en ressens pas le besoin. Depuis mon départ de Prague, je vis en toute liberté. Je suis payée pour observer, pour regarder, pour me mettre en situation privilégiée. Travailler dans le paysage de mon enfance, à Michalovce ou ailleurs dans les environs, je n'en vois pas la raison. Quinze ans plus tard : la même école, les mêmes silhouettes, mes amies devenues mères, la même forêt toujours aussi proche…

— La forêt ! Il me semble que tout autour, il n'y a que ça. Si on oublie les pompes à essence, ce camion et ton autoroute, on nage ici en pleine forêt.

— C'est pas ce que j'ai voulu dire. Ici, c'est une forêt mixte. Pin, sapin, épicéa, mais il y a surtout des chênes, des ormes, des érables. C'est pour ainsi dire lumineux. Ce ne sera jamais aussi triste et lugubre qu'une forêt de conifères… Méchants palmiers de mon enfance, tristement odorants, je ne veux plus les voir, je ne veux plus même les sentir.

— Méchants palmiers ? répète-t-il, penchant la tête en sa direction, comme pour être certain d'avoir bien entendu.

— Ah ! murmure-t-elle en marquant une pause, se demandant si, en plus de s'étendre sur la question étymologique, elle ne devrait pas en profiter pour… et pourquoi pas ! Mes méchants palmiers, précise-t-elle, ce sont les épinettes de ton pays. Disons qu'un jour, j'ai pris en grippe les épinettes. Plus sérieusement, ajoute-t-elle cette fois en modulant le débit, c'est l'histoire d'une petite fille assez naïve pour croire que les palmiers pouvaient pousser dans les Carpates. Mince ! idiote que j'étais ! Le palmier du monsieur, ce n'était qu'une jeune pousse d'épicéa…

« C'était un ami de mon père, photographe lui aussi, et il portait la barbe. Il ne cessait de répéter que j'étais mûre comme une belle petite pomme… J'étais encore sous le choc lorsqu'il a remonté ses pantalons pour retourner au travail. Pour retourner au travail ! c'est du moins ce qu'il m'a dit. Et moi, petite pommette de huit ans, je me suis rhabillée en me disant qu'il ne fallait surtout pas le dire à ma mère ou à l'institutrice. Il ne s'est plus jamais montré à la maison… Quelques années plus tard, il est mort d'une façon atroce dans une usine de transformation de la viande. Disons que je n'ai pas versé de larmes.

« C'est drôle, je n'ai jamais parlé de ça à personne. J'avais fini par oublier, et voilà que je te raconte ça à toi, un homme que je viens à peine de connaître.

– Et pas un mot à ta mère !

– Pas un traître mot. J'ai longtemps fait des cauchemars, je suis restée longtemps terrorisée à la seule vue d'un sous-bois, mais plus maintenant. C'est bien fini tout ça. Ma mère ne m'a jamais posé de questions, mais plus tard, je me suis souvent dit que c'était peut-être la raison pour laquelle elle tenait tant à ce que je parte… Allez ! Fais pas cette tête, Réjean, c'est pas grave. Je ne suis pas la première à qui c'est arrivé ; faut pas dramatiser. Tu vois, cette nuit, je suis en pleine forme. Même que je prendrais bien encore du rouge, moi. Pas toi ? Tu sais, ce petit hongrois, c'est une véritable liqueur libératrice ; il vous relève l'indice d'octane ! Bouge pas, je reviens. »

# VI

Laissons-la quitter la véranda, le corps gourmand, la démarche légère, le plaisir au rendez-vous, au point même d'en oublier les pompes à essence. Laissons-la monter à l'étage pour fouiller dans sa réserve des grandes occasions. Lui, il pourra toujours faire le point en écoutant la pluie, il pourra toujours méditer en toute tranquillité sur ce qu'il vient d'entendre. Cette confession, elle n'est pas sans lui rappeler certains souvenirs, plutôt mauvais. Une sordide histoire qu'il s'était employé à l'époque à gommer sous l'alcool. Cette fois-là, la victime du viol était beaucoup plus âgée, et ça s'était passé dans un cimetière. Il n'avait pas été acteur du drame comme tel, mais son crime personnel avait été de garder le silence alors qu'il avait fini par tout savoir.

Un point au niveau du cœur. Dans la cabine du camion, toutes lumières éteintes, c'est peine perdue, elle n'arrive pas à dormir. Assise sur le siège de droite, le torse nu, elle ne peut que regarder la scène d'un œil éteint : un homme choyé, là-bas, en train de boire du vin. Une heure et demie du matin, elle n'arrive pas à dormir. En état de panique, dans un pays qui ne parle pas sa langue, elle est trop angoissée pour songer aux neuf cents kilomètres qui l'attendent.

Elle se sent animal, lourde, à bout de forces, comme prise au piège, si loin de Buffalo. La douleur dans la poitrine, elle sait ce que ça veut dire. Elle est en sueur ; ça ne sert à rien de sortir de la cabine. Pour aller où ? Devant elle, éclairée dans sa chute par les hauts lampadaires, la pluie s'accroche au pare-soleil chromé. De temps à autre, une goutte s'en détache. La peur au ventre, elle imagine le toit pourri de sa maison mobile. Longues minutes d'insomnie à murmurer quelques paroles de Carole King ou de Buffy Sainte-Marie, elle ne sait trop. « *She used to wanna be a ballerina ; She used to wanna be a paper swan ; She used to dance pretend...* » Tiens, la revoilà.

Mon camion va me survivre. Masse de métal faite pour durer, bâtie pour endurer. Mourir au travail ! Il est écrit quelque part que ça se passera dans la cabine d'un camion. Comme mon père, un certain mois de mars, dans une chambre d'hôpital, à cinq heures du matin ; comme lui, je vais finir par mourir toute seule. Mes doigts hypertrophiés, ces grosses mains devenues arthritiques. Fatiguée ! Tiens, le voilà qui lève son verre. Elle lui sert du vin avant de se rasseoir.

Allez, je sens que ça va mieux maintenant ; je crois bien que ce ne sera pas pour cette nuit... Il ne songe qu'à lui lécher le sexe, c'est certain. Il va avoir ce qu'il veut, il va finir par la lécher partout. Ce sont sûrement des amis de longue date, songe-t-elle en portant la main à la poitrine pour palper ses viscères, comme pour les remercier d'avoir tenu le coup. Cette cargaison de ballots de tourbe sera bien livrée à Détroit, *just in time*, comme prévu. Qu'a-t-il pu lui dire de si drôle pour la rendre si joyeuse ? Elle rit comme une enfant, je l'entends d'ici. Il se rapproche d'elle, il pose la main sur sa jambe. Allez, prends-la : « *She wants you !* »

\*

« Experte en orages localisés, je ne dis pas ; mais ma mère négociante en vins, faudra repasser ! Tu sais, ajoute-t-elle en posant la main sur la sienne, tu sais qu'il n'y a pas si longtemps encore, de Belgrade à Vladivostok, il n'y avait que les nuages qui échappaient au contrôle de l'État.

– Ça pouvait toujours se défendre… Tu veux bien cesser de rire, Clara, je parle sérieusement. Je sais que ce n'était pas la terre promise ou le paradis égalitaire, mais…

– Mais ? Tu ne dis rien ? Alors moi, je me souviens. En 68, nous habitions peut-être Michalovce, très loin de Prague, mais je ne pourrai jamais oublier la lourdeur et la puissance des chars soviétiques. Des colonnes blindées, il en est même passé dans ma rue, de jour comme de nuit. C'est d'ailleurs à cette époquelà que l'ami de mon père s'est mis à me regarder. J'avais huit ans…

– Je vois… j'en avais dix-huit… Je m'informais, je lisais les journaux. Nous étions avec vous. Quelle audace ! Vingt-cinq ans plus tard, c'est le règne de la multinationale, et je crois bien que c'est là pour rester. Et comme lourdeur, comme vecteur d'injustice, crois-moi, il ne s'est jamais rien fait de mieux. C'est le capital de risque, la pensée unique ; même les Russes n'ont pu arriver à une telle efficacité.

« – Économie et politique ! fait-elle en levant son melon d'un geste théâtral, politique internationale et lutte des classes ! Vous n'êtes pas sans me rappeler certains professeurs, cher monsieur.

– Très bien, parlons d'autre chose si tu veux. Trêve de politique. Je ne prendrai pas demain le maquis, mais je résiste à toute tentative de contrôle… Et puis, dis-moi, crois-tu que je vais finir par échapper au tien ?

– Tu veux dire ?

– Crois-tu que je vais, cette nuit, échapper à ton contrôle ?

– Alors là ! Je te tiens… disons jusqu'à l'arrivée du patron, c'est-à-dire à six heures trente. Il est réglé comme une horloge ; crois-moi. D'ici là, je t'interdis de dormir, je t'interdis de pleurer, je t'interdis de mourir. »

Répondre à cela par un sourire, rien de moins. Slave à l'os, fière de la chute de l'Empire. Du feu, tes yeux, même si tu sembles sortir du lit. Clara ! Clara ! L'indécence n'est pas loin ! Si on nous voyait en train de nous zieuter de cette manière, chacun avec son verre de rouge à la main, je crois bien qu'on nous jetterait un mauvais sort. Approche un peu que je touche ton visage, que j'y pose mes lèvres. Ciel ! koskaya ?

C'est pas chinois, Réjean, c'est pas russe et encore moins slovaque. Il y a seulement qu'en plus du regard perçant, elle a surtout l'ouïe fine. Figé dans ton mouvement, à ne plus regarder que cette revue posée sur le coussin, tu te demandes encore ce qui a bien pu se passer. L'auto n'était pas engagée dans la cour qu'en bonne pompiste, elle s'est levée pour reprendre son poste à la caisse. Laissé en plan, voilà ce que ça veut dire, et tu ne pourras jamais savoir que là-bas, un peu plus loin que les pompes, dans la cabine du camion que tu tiens en horreur, une femme est morte de rire.

*

Une Camaro décapotable ! Ça marche encore, ces minounes-là ? Pas loin de trente ans, c'est sûr. Ça va, Albert, ça va ; on t'a vu ; on n'est pas sourd ! Bien à l'abri derrière ton volant, tu fais ton smatte, tu rinces ton moteur, mais tu mériterais que je te la décapote, ta Camaro. Dans mon temps, tu sais, des moteurs comme le tien, c'était la norme ; il en pleuvait. Ça se peut pas ! Il va réussir à le faire sauter ! Si je te disais, Albert, si je te disais que des gars comme toi, j'en connais qui ont terminé leur carrière sous les roues d'un beau *truck* chromé comme celui-là. À trop vouloir se prendre pour un acteur de films de série B, on finit par aller percer l'écran.

C'est proprement décourageant ! Ça n'a pas changé et ça ne changera jamais. C'est pas demain la veille ; c'est à s'ennuyer des *Skoda* ! Quatre beaux épais ! À hurler comme ça, vous allez finir par réveiller le chien de madame. Ça y est ! c'est parti ; vous avez réussi ! Mais qu'est-ce qu'il faut pas se taper pour les yeux d'une fille ! Un bâtard qui se prend pour un boxer, quatre cow-boys qui n'ont jamais chanté sous la pluie… et le plus costaud qui s'en vient… en se curant les ongles… avec sa carte de crédit. Tu vois, Albert, avant ta manucure bas de gamme, c'était le paradis sous la lune. Tu pouvais pas aller tanker ailleurs !

De quoi j'ai l'air avec mon verre de rouge ? D'un Français perdu en Amérique ? D'un Jack Kerouac réincarné plus au nord que prévu ? Après tout, Marteau, je commence à te trouver sympathique, même que tu me donnes le goût d'en rire ; je voudrais pas être obligé d'ouvrir cette porte. Allez, bon chien ! Tu peux continuer ton cirque tant que tu voudras. Fais-y peur pour la peine.

« Salut ! lance-t-il en touchant la première marche.

– Eh ! » émet-il en levant son verre.

*

Comment elle fait ? Ça prend bien une fille des Carpates pour endurer ça ! Sabina, tiens ! Tu me fais penser à Sabina, la fière Hongroise de Toulouse. C'est quand même curieux, Clara ; j'entends ton chien et je la revois : c'est à croire que derrière le rideau de fer, on vous a toutes élevées dans un chenil !

« Ta gueule, Marteau ! Pas touche à monsieur. »

C'est pas trop tôt, Clara. On ne s'entendait plus respirer par ici. Je suis un grand sensible, un fragile comme il ne s'en fait plus. Il faut prendre garde à mes oreilles ; je dois protéger mes tympans de la barbarie. Si un jour tu as pu prendre en grippe les épinettes, moi, un chien comme le tien, ça me rappelle de mauvais souvenirs.

Malgré tout, avec un minimum d'effort, on peut comprendre. Avec tous ces débiles qui rôdent dans tes parages, qui se prennent pour Attila, roi des Huns et des autres, ta stratégie en est une de survie. Prends Sabina. Elle ne mettait jamais les pieds dehors sans son doberman, la Hongroise qui faisait tourner les têtes. « Ton "agent double", lui criais-je par la tête lorsque je prenais mon café sur son balcon, il me fout la trouille ;

ton *double man*, tu ne crois pas qu'il serait plus heureux au cirque ? » « Homme de peu de tact », me répondait-elle de sa chambre, la voix encore ensommeillée.

Il me faisait suer de partout, mais si je ne l'arrêtais pas, il bouffait mon pain, son dogue, il humait mes confitures. Il léchait ma tasse !

C'était le bon temps ! Toulouse la dure, Toulouse la rose ! Je viens à peine de débarquer ici que je m'ennuie déjà ! Sabina, si je compte bien, il est chez toi autour de huit heures du mat. Allez, c'est l'heure ; tu vas encore arriver en retard au travail.

Regardez-moi ces pas-brillants ! La pluie reprend de la force, et ils se mettent à trois pour vérifier l'huile, c'est comme vouloir absolument se mouiller le dos… Non mais, de quoi je me mêle ! Pourquoi perdre mon temps à détester des types que je ne reverrai jamais plus ? Tonnerre, tonnerre ! Mon soliloque et moi ; moi et mon soliloque…

« Vous n'oubliez pas quelque chose ? crie-t-elle à son client qui a déjà amorcé sa course vers les pompes.

— Ah ! fait-il en s'arrêtant net sur la marche, mes cigarettes.

— Voilà ! bonne route… Et puis maintenant, affirme-t-elle le plus posément possible, tournant les talons pour s'adosser à la colonne alors que le costaud s'enfuit sous l'orage, si on parlait de tes menhirs ?

— Ah ! mes menhirs ? J'y songeais, justement. »

\*

Tu as de la suite dans les idées, Clara. Et ce que tu peux être touchante ! Quelque part à l'Est, tu as dû cultiver l'art de te statufier, toi, peu importe le décor. Photographe, tu sais surtout l'art de la pose : les bras croisés, le verre à la main, la pluie derrière toi, avec ton melon tirant sur la gauche. Je suis admiratif. Je devine la moiteur de tes jambes sous ton chemisier. Allez, viens t'asseoir près de moi, sur ton sofa humide. Ce sera toujours plus confortable que de rester ainsi debout sous les gouttières.

Allez, viens t'asseoir ; il s'agit seulement de prendre le temps de retrouver nos esprits. Mes menhirs, disais-tu il n'y a pas une minute. C'est important, les menhirs, même que c'est capital. Alors soyons patients, laissons-le faire le plein sous la rafale. Lorsqu'ils seront partis vers l'autoroute, je te raconterai mes histoires de roche... Toi, rien qu'à voir ta physionomie, je crois que tu vas bientôt te mettre à parler, que tu vas dans la minute m'en sortir une de ton cru, et dans une tonalité slave.

« Je peux savoir ce qui te fait sourire ainsi ?

– Non, Clara, tu peux pas savoir ! Pour faire court, disons que la vie est une belle invention. Allez, viens que je te raconte tout ça... »

Pas la peine de s'obstiner, se dit-elle en délaissant la colonne pour regagner son sofa, la vie n'est-elle pas une belle invention ? Il a une façon de faire, ce type ; tu as une manière de dire, toi. Ça m'émeut. Oui, c'est le mot, et j'aime jusqu'à l'humidité du sofa. Tout à l'heure, nos lèvres se touchaient presque. Tu te souviens, Réjean, et ton regard exprimait une telle intensité. J'ai vu alors l'angoisse dans tes yeux ; une forme de désir encore jamais vue ni vécue. Tu me pressais si fort les tempes. Tu voulais me scanner les idées, n'est-ce pas ? Dis-moi que tu étais occupé à me photographier intégralement.

Et je reste muette, j'aime ton silence. Je suis si près de toi que je peux respirer ton odeur, que je peux te ressentir. Si je suis toute à l'analyse du pan de cette chemise et ses boutons de nacre, ce n'est pas pour rien. C'est amusant, ne rien faire dans la pénombre. Dire que je ne te connaissais pas avant ce soir ! Cette pluie, c'est pure magie. Nous contenter tous les deux de voir tomber l'orage, ici, cette nuit, un homme et une femme, voyageurs perdus sur le quai d'une gare, étrangers l'un pour l'autre, en quête d'aventures ou en pleine fuite. Nous n'y pouvons rien, le train de trois heures n'entrera en gare qu'à trois heures. J'aime la qualité de nos silences, si tu savais…

Incapable de parler, chère Clara. Je n'arrive pas à articuler un seul mot tellement haut est mon degré de plénitude. Ça rigole partout sur la tôle et dans les gouttières ; ça nous fait la plus belle trame sonore. Tiens, il a fini par y arriver, ton costaud de client. Ils vont bientôt gagner l'autoroute et j'entends d'ici le rythme des essuie-glaces.

Dis, Clara, t'es femme d'affaires, avocate ou collégienne ? Tu tournes et retournes sur ta jambe le tissu de ta chemise avec une telle application ; tu repasses ou quoi ? Tes mains sont si sûres que tu me rends poétique l'idée d'une Camaro glissant sur l'autoroute.

\*

Il fera beau demain, se dit Réjean après avoir vidé son verre, et ça me fera tout drôle d'arriver en ville. Me sautera vite aux yeux le panorama de la grande baie après le dernier virage ; vais-je me mettre à pleurer en voyant les installations portuaires, les bateaux à l'ancrage ? Peut-être aurai-je droit à un salut de l'armée de l'air, à un passage à basse altitude d'une formation de F-18 ; ce serait pas mal, me semble. Peut-être pleut-il déjà sur les Laurentides, sur mon monument :

« Tu vois, dit-il comme pour lancer une perche à son interlocutrice, lorsque je me suis mis au travail...

– Oui. Continue...

– Lorsque je me suis mis à mon premier bloc de granite, je ne savais pas trop où ça me mènerait. Je sortais d'une période de travail sur bois. J'éprouvais l'envie de m'attaquer à quelque chose de plus... disons, de plus concret, de plus solide. J'ai aimé l'expérience. Seul toute la journée sur mon plateau en friche. Et puis la nuit, avec la lune pour tout éclairage, j'étais particulièrement sensible au choc du ciseau contre la pierre. Puis il y en a eu un deuxième et ainsi de suite...

– Pour te rendre jusqu'à la douzaine, il me semble.

– Tu sais compter, Clara. Lorsque les gars de la carrière sont venus me livrer le deuxième bloc, je m'en souviens encore, c'était en octobre, le camion avait tendance à s'enliser, l'idée d'aligner le tout dans l'axe de l'équinoxe était déjà prise. Il ne pouvait en être autrement. J'avais eu tout l'été pour y penser, tout l'été pour appréhender l'espace. Il faut dire que passer ses jours et ses nuits à tailler la pierre, ça prédispose à la réflexion. Aujourd'hui, avec un certain recul, je me rends compte que mes menhirs, c'est peut-être un monument à la lenteur.

– Tu as bien dit " peut-être " ?

– Oui, " peut-être ". C'est tellement facile de créer du sens après coup. Oui, j'aime l'idée du " peut-être " et du " pourquoi pas " ; portes ouvertes sur tout ce qui ne bouge pas. Tu vois, l'idée de la lenteur, ça vient de me tomber dessus. Un monument à la lenteur, ça me plaît. Ça pourrait aussi être un clin d'œil à ces lieux perdus qu'on retrouve partout, à ces endroits où on a l'impression que le temps s'est arrêté, un peu comme ici. Un monument à l'oubli, tiens.

« C'est curieux, Clara ; je me sens un peu comme toi tout à l'heure. Moi aussi, je n'ai jamais parlé de ça à personne. C'est étonnant. J'ai toujours résisté à toute tentative d'explication ; je me braquais devant tout ce qui pouvait ressembler à une intrusion dans ma vie privée. Tu vas rire, mais je pose quand même la question : sommes-nous réellement cette nuit sous l'emprise de ta mère ? Est-ce vraiment elle qui a forcé le hasard pour m'envoyer jusqu'ici ?

— Disons seulement que c'est notre nuit des confidences. Pour ma mère, c'est pas fou. Je serais même portée à croire qu'elle utilise mon chapeau. Regarde-le bien, ce melon, prends-le. Tu vois la patine ; tu peux même sentir son âge. Il vient de Prague, il a traversé le siècle. Un jour, dans une gare, en Autriche, je me suis rendu compte que l'étiquette du fabricant s'était envolée. Je m'en souviens parfaitement : en jetant un œil sur les écoliers disciplinés qui me croisaient par petits groupes, je me suis dit que c'était très bien, que j'allais ainsi gagner en intemporalité. Crois-moi, ce melon est pétri de pouvoirs ; chaque fois que deux âmes sœurs se rencontrent, il devient tout chaud. N'est-ce pas qu'il est brûlant ?

— Très chaud, très chaud ! Et alors ?

— Phénomène rare. Je le porte depuis bientôt quinze ans, et ce n'est que la troisième fois que ça se produit. Lorsqu'il devient brûlant de cette façon, il annonce que les silences qu'on porte en soi se transformeront bientôt en paroles.

« Tu sais, Réjean, c'est une belle trouvaille ; un monument à la lenteur et aux lieux perdus, j'aime bien. Disons que ça colle à une certaine réalité qui me touche. Tu veux bien cesser de sourire de cette façon.

– Je ne souris pas, Clara, je songe ; je ne fais que songer. Ton histoire de melon, précise-t-il en étirant le bras pour le lui caler sur la tête, c'est plus que beau ; c'est splendide. J'imagine qu'à une époque pas si lointaine, un discours pareil t'aurait valu le bûcher. »

Tu es sciée, Clara. Le bûcher, tu ne t'y attendais pas. T'es pas d'accord ; ça se voit, mais on s'en fout. Ça me fait tout drôle lorsque tu me regardes de cette manière, les yeux moqueurs, pleins de hardiesse. Je craque et je ne réponds plus de moi. Attends que je te libère de ce verre vide pour le déposer par ici. Et que je me redresse pour mieux te prendre la jambe. Tu vois, en la remontant comme ça, en travers de la mienne, je t'oblige à me faire face. Pas mal, hein ! C'est pas beau, ça !

Je me sens tout sale auprès de toi, mais c'est pas grave. Approche, laisse-moi te guider ; allez, porte le buste vers l'avant et regarde bien mon jean. Si tu te forces un peu l'œil, tu finiras par y voir de la poussière d'Europe… Et que je pose la main sur ta jambe, et que je me perde dans ton col, pour bien sentir ton haleine sur ma joue. Et que je te presse contre moi, et que je lève le tissu pour remonter la main dans ton entrejambe. Ton souffle court, envahissant ; ce petit goût de sel à la base de la nuque. Ton entrejambe !

Oui, Réjean, fouille, fouille sous mon chemisier. Ta main ! tu t'approches, tu me prends : « Embrasse-moi. »

Si la femme du camion n'avait pas fini par s'endormir sur son siège, le torse nu, elle aurait eu droit au spectacle. Dans le grand virage, le trafic a beau tomber au ralenti, sur la galerie, un homme et une femme se font tendres l'un pour l'autre. Rencontre de deux solitudes ou choc entre deux continents jusque-là séparés.

*

« C'est si loin, Michalovce, lui avoue-t-elle après avoir repris ses esprits. Michalovce, ville perdue, à la frontière de l'Ukraine. Tellement sans importance, ma ville, tellement sans intérêt qu'on n'arrive pas toujours à la retrouver sur la carte. L'idée d'y vivre sa vie, ma mère a fini par s'y faire. Je n'ai jamais vu les enfants de mes frères, et j'imagine qu'elle doit faire une gentille grand-mère. J'imagine qu'elle va encore de temps à autre fleurir la tombe de mon père... »

C'est bien, *compañera*, parle-moi de ta ville, des tiens, de ton père. Ta main dans la mienne, fragile quelque part. Allez, parle-moi de ton pays, de tes craintes, de tes rêves ; je resterai là à t'écouter, toute la nuit si tu veux.

« Michalovce ! L'impression du temps arrêté, justement. Coin de pays aux hivers doux, aux printemps hâtifs ; c'est pas comme ici. Depuis mon départ de Prague, je n'y ai plus remis les pieds. Je ne regrette rien, mais malgré ce que j'ai pu te dire, il y a des nuits comme ça où je prendrais le premier avion pour Amsterdam.

« Je nage dans l'ambivalence, tu trouves pas ? Je suis prise dans un tourbillon ; toujours à la recherche du neuf, du déséquilibre. C'est plus fort que moi, ça remonte à l'adolescence. Une maladie : incapable de m'enraciner, de rester plus d'un an au même endroit. Toujours habitée du désir de partir encore plus loin, vers l'inconnu. Et ce mal du pays qui me revient cette nuit, qui vient m'encombrer l'esprit…

– C'est ton melon ! Tu viens de le dire, il te ramène à Prague, à ta mère ; il te ramène à tes origines. Cette nuit, tu te sens loin de chez toi. Ça nous arrive à tous… Dis-moi, qu'es-tu venue faire en Amérique ?

– Je suis venue traquer le paradoxe, laisse-t-elle tomber après mûre réflexion. Il n'y a rien de plus photogénique que le paradoxe… T'as vraiment une façon de sourire, toi ! »

Comprends-moi, Clara ; c'est plutôt touchant, ce que tu viens d'affirmer aussi candidement. Le paradoxe ! Pas besoin d'aller bien loin, il me semble ; on le porte en soi. Taisons-nous et rions ensemble. Si je ne me retenais pas, je t'entraînerais tout habillée du côté du garage. Ce serait beau à voir ! La douche ne me ferait pas de tort, ton chemisier deviendrait translucide et ce serait comme au cinéma.

*

« Mon père est mort à quarante ans et j'en avais alors quatorze. Il m'arrive parfois de penser que je ne serais peut-être jamais partie s'il vivait encore. Sans doute qu'il m'aurait fait entrer au ministère et j'aurais suivi ses traces, peinarde, pour la seule édification du socialisme…

– Toi, peinarde ? T'es sérieuse ou tu veux me faire parler ? Rien qu'à toucher ces lèvres, rien qu'à te voir bouger, marcher, ça donne la frousse. Pas besoin d'être psy ; là-bas, tu aurais tout refusé ce qui vient du père, du ministre ou du parti. Et puis, ton père, il y a longtemps que tu l'as dépassé ; tu ne me diras jamais le contraire. Lui, il était payé pour photographier les grandes réalisations de l'État ; rien de très édifiant, et c'était son gagne-pain. Mais toi, si tu as choisi le même métier, tu as surtout choisi de t'exiler, de tout laisser derrière. Je me trompe ?

– Disons que tu n'as pas tout à fait tort... Mon père, mon père ! Malgré toutes ces années, il me manque parfois, je songe à lui... L'an passé, dans ta ville portuaire, j'aimais bien fouiller dans la bibliothèque de mon débardeur. Et puis un jour, je suis tombée sur un court texte de Stig Dagerman : *Notre besoin de consolation est impossible à rassasier.* Eh bien ! me suis-je dit en touchant du doigt le nom de l'auteur, Dagerman ! Ce livre ne pouvait que me ramener à mon père ; le soir, pour m'endormir, il me lisait parfois des textes de Dagerman. Tu te rends compte !

« Et je me suis alors mise à faire de même pour l'homme qui m'accueillait dans sa maison ; je lui faisais la lecture de nuit, il adorait. Chaque fois, il était transporté... Je ne garde jamais de livres dans mes bagages, ce serait trop m'encombrer, mais j'ai fait exception pour celui-là. J'imagine que là-bas, il doit encore se demander où il est passé. »

# VII

L'opuscule de Dagerman, elle a fini par le retracer dans un tiroir plein de vêtements. De retour sur la galerie, elle se concentre sur le texte, le lisant en diagonale, à la recherche d'une phrase capitale. À ses côtés, il feuillette distraitement le numéro spécial lorsqu'il tombe sur une composition inusitée, plutôt sympathique :

« T'as vu ? fait-il en lui montrant la page 379. Touchant, non ? »

Interrompant sa recherche, elle jette un œil sur la page en question : série de photos en noir et blanc qu'elle connaît bien pour l'avoir déjà analysée. Trente-deux années dans la vie d'un père et sa fille résumées en quatorze clichés pris entre 1922 et 1954 ; ça tient en deux pages. À la plage, ils se tiennent debout, et à chaque fois, ils se contentent de regarder l'objectif réglé par la mère. C'est bien exact ; on le précise en bas de la page.

« Ton père aurait-il été le type à faire des choses pareilles ?

— Je ne sais pas, fait-elle en choisissant de retourner à son texte, peut-être bien que oui, mais en avait-il seulement le temps ? Il ne parlait jamais de son travail, mon père, ajoute-t-elle en ne quittant pas son livre. Il faut dire que là-bas, à l'époque, on n'était pas très versé en photos de famille. Cette revue est américaine, ne l'oublie pas… Mon père, le regard de mon père ! Il était parfois si vaporeux, si souvent perdu vers l'horizon. On aurait dit qu'il cherchait à tout enregistrer sans la contrainte de la pellicule.

— Ça me fait drôle, Clara, cette série d'images. Voir ainsi vieillir un père et sa fille, l'espace de deux pages, c'est un peu la vie stratifiée. Le temps, toujours le temps. T'es pas obligée de répondre, mais est-ce une maladie universelle, cette manie de chercher à arrêter le temps ? Le temps, la vie ; c'est tout résumé dans le titre : *Life*. Regarde-nous. Toi, ton père, votre mythique soixantième de seconde ; moi et mes menhirs que je veux millénaires ! Nous travaillons avec le même matériau, avec le temps, et nous nous épuisons à vouloir sans cesse le défier. »

Voilà ! Et si je me mettais à pleurer comme toi, jeune femme qui craque, ce serait-y pas magnifique ? Allez, viens par ici, donne-moi ce livre. Montre un peu ces yeux, cette joue. Tu es fatiguée, Clara, ça se voit dans ta façon de te faire lourde, même que ça se sentait déjà dans ta hardiesse un peu trop exacerbée.

Elle pleure dans mes bras, si c'est pas charmant ! Tu ne le sais pas, Clara, mais ça me fait autant de bien qu'à toi. Dis-toi que cette belle « maladie » de toujours vouloir aller plus loin y est pour quelque chose. Je sais, jeune femme, que je te protège comme si tu étais ma propre fille, moi aussi j'y suis allé, moi aussi j'ai vu, mais sache que je n'ai pas nécessairement vaincu.

Depuis combien de temps transportes-tu ton malaise dans tes bagages ? Quinze ans, disais-tu ? Tu m'as précisé que tu étais âgée de huit ans en 68. Alors si je compte bien, tu en aurais aujourd'hui trente-trois. Faudra bien un jour que tu t'arrêtes quelque part, ne serait-ce que pour te créer des racines qui te permettront d'aller encore plus loin, ne serait-ce que pour vraiment te laisser aimer.

\*

Une chance que tu ne peux pas lire dans mes pensées, Clara ; si je te disais cela de vive voix, j'aurais moi-même de la peine à me reconnaître. Le monologue intérieur est une belle invention, crois-moi ! Soyons francs, Clara : nous sommes très exactement pareils, toi et moi. Nous nous plaisons à opposer deux mots essentiels comme « amour » et « liberté » ; il est un peu là notre malaise. Enfin, il me semble, et j'aime que tu sois blottie comme ça, cette nuit, contre ma poitrine. Tu ébranles mes certitudes, si tu savais. Tu me touches profondément, personnage perdu dans cette forêt lumineuse. Tu sais que je pourrais facilement tomber en amour avec toi, disons pour quelques décennies. Tiens, si j'en avais le pouvoir, ce serait déjà tout décidé : je travaillerais fort à nous pétrifier ici, sur cette galerie, et nous pourrions nous refroidir à jamais. Imagine-nous un peu, nos deux corps faisant bloc, nos deux corps ne formant plus qu'une stèle imputrescible : toi dans ton chemisier humide et moi dans mes vêtements sales et sans allure. Nos seuls vêtements, voilà ! c'est tout ce qui pourrait encore s'offrir au vent, à la pluie, au temps qui finit par tout user… Je craque, Clara, je crois bien que je craque, moi aussi…

Ce n'était pas prévu, maman, pas prévu. Moi qui me suis toujours montrée si forte, inattaquable, inébranlable, me voilà qui pleure dans ses bras comme une gamine, me voilà qui cède comme si tout était à recommencer. Plus capable de m'arrêter, maman, et c'est pas drôle. Cesse de rire, tu veux bien ; ne te moque pas. Est-ce sa manière de me prendre ou cette série de photos qui m'a rappelé papa ? Je ne sais plus ; je perds pied, je tombe dans le vide. Retiens-moi, Réjean. Avale-moi, sors-moi d'ici, ramène-moi dans ton pays, si tu le veux. Il faut quitter cet endroit, je n'aurai pas la force d'y passer un autre automne. Partir avec elle vers l'Ouest, dans sa boîte à réfugiés, ou bien me sauver avec toi vers le Nord. Mais qu'est-ce qui se passe dans ma tête ? Partir seule, c'était ma règle sacrée, ma règle à moi, ç'a toujours été le seul choix possible.

Et si je t'offrais de devenir ma complice, Clara, ma compagne, ma folle amie au melon. Et si je t'offrais ça ! Je suis prêt, maintenant, il me semble que nous serions beaux. Il me faut tenir ma promesse, tu sais ; Hernandez me l'a fait jurer avant de partir. Il n'est pas question de le laisser en plan ; je ne peux lui faire ça. Et si je veux mener mon projet à terme, si je veux terminer cette « œuvre inachevée », comme tu me l'as si bien dit, j'en ai pour la vie entière. Crois-moi, nous pourrions lui faire la fête, au soleil ! Je deviendrais ton homme en sueur sous la lune, et toi, ma femme aux outils. Nous passerions nos nuits à jouer du marteau et du ciseau, et ce serait comme ça jusqu'au lever du soleil.

Pourquoi ces photos, Réjean, pourquoi me les avoir montrées ? Savais-tu seulement ce qu'elles représentent pour moi ? Je ne voulais plus les voir ; j'aurais dû les arracher lorsque je les ai aperçues pour la première fois. Mon père et moi, nous étions si proches l'un de l'autre. Lorsqu'ils sont venus à la maison pour nous annoncer sa mort, j'entendais leurs mots se répercuter sur les murs : « sang », « malheur », « accident », « pas souffert », « funérailles ». Je me suis bouché les oreilles, je ne voulais plus rien entendre. Je me suis mise à hurler.

Belle équipe, nous ferions, Clara ; photogénique. Au petit matin d'équinoxe, ce serait encore plus magique que d'habitude, ce serait encore mieux que tous les autres matins. Tu sais, j'ai tout calculé : le soleil émerge alors de la pointe du menhir. Toi et moi, suant de toute notre sueur autour du monument au soleil ; seulement d'y songer, c'est tout mon plateau là-bas qui s'illumine.

Nous sommes passés bien près, Sabina et moi, bien près l'un de l'autre, mais Toulouse sera toujours Toulouse et la France ne voulait pas nécessairement d'elle ni de moi. Sabina et son doberman ! C'est elle qui m'a ouvert les yeux sur la Galice, c'est elle qui m'a installé dans le personnage du pèlerin, aussi bien par son discours que par sa propre recherche. Et puis, il y a eu Juan-Claudio ; tout est maintenant si clair.

Je n'avais rien à faire là-bas, pas plus en Irlande qu'en Allemagne, en France ou en Espagne. Il fallait seulement aller voir, ne pas prendre racine. Je sais maintenant quoi faire ; je sais que je dois continuer ce que j'ai entrepris il y a plus de dix ans. Clara, Clara, Clara ! *Compañera*, pourquoi pas ? Tu veux me dire, toi qui sembles avoir cessé de pleurer, pourquoi je suis ici et pourquoi pas là ; pourquoi cette nuit particulière avec toi ? Se pourrait-il qu'elle ait été scénarisée quelque part en haut lieu ? Serait-ce un coup de pouce de Sabina, ou bien une autre idée de ta mère ? Après tout, ta mère, c'est bien elle qui le réchauffe, ton melon.

J'écarte à peine ton col, je redécouvre ton humidité. Je n'y peux rien, Clara, c'est plus fort que moi ; je dois absolument poser mes lèvres. Elle a le goût du sel, ta peau ; ça me donne envie de te chanter ma préférée. Tu ne dois pas la connaître. Je vais te la chuchoter. Elle est de Pierre Calvé.

*Vivre en ce pays,*
*C'est comme vivre aux États-Unis ;*
*La pollution, les mêmes autos,*
*Les mêmes patrons, les mêmes impôts.*
*Les petits, les gros,*
*Dans un même bateau.*

*Ceux qui sont partis*
*Pour chercher…*

*

Cette chanson-là non plus, elle n'était pas prévue. Il lui chantonne quelque chose d'encore jamais entendu alors qu'elle était sur le point de croire qu'il avait fini par s'endormir. Revenue à des considérations plus terre-à-terre, elle ne bouge pas d'un cil, se contente d'écouter les paroles à peine audibles en visant les pompes.

Voilà, se dit-elle alors que le texte de Dagerman lui revient en mémoire, j'ai trouvé : « La vie humaine n'est pas une performance. » Rien à prouver à personne. Beau filet de voix ; tu me parles d'Amérique. Tu sais ton continent. Mes clients se feront rares jusqu'au lever, peut-être même plus personne devant ma caisse, comme hier. J'aime le timbre de ta voix, dans les graves, tes vêtements dégagent fortement, mais j'ai déjà vu pire. Je suis bien dans tes bras. Je sens venir la faim.

Elle est sous le charme. C'est la complicité par la rime, un peu les voix bulgares, beaucoup l'intimité. Elle se fait parler d'« ailleurs meilleur » et de retour, d'Espagne et de Marseille ; pas d'hésitation chez lui, ça coule de source.

Lorsque la voix s'éteint, le silence d'avant Calvé a gagné en luminosité. Partir ou revenir ? Rester ici ou retourner là-bas ? La question se pose, mais pas nécessaire de trouver cette nuit réponse.

N'ayant plus en tête que sa quotidienne bouffe légère de trois heures du matin, elle sent le besoin de se redresser et il profite de l'occasion pour s'extraire du sofa. Le vin, songe-t-il en bâillant, en étirant les bras, ce doit être le vin.

« Dis-moi, Réjean, le tailleur de pierre serait-il aussi chanteur ?

— Pas du tout, fait-il en se penchant pour lui redresser le melon, la chanson, c'est pas pour moi. »

Histoire de combattre le sommeil, il décide de la laisser en plan pour un « jogging matinal », choisissant de se diriger droit vers les pompes. Jogger sur l'asphalte pour se réveiller les muscles, même si la jambe vous fait un peu souffrir, jogger dans la nuit comme un sportif de haut calibre, histoire de stimuler un cerveau qui ne songe plus qu'à sombrer dans le coma.

Franchement, lui dormir dans la face ; ce serait un manque de respect. Jogger au ralenti, marcher plutôt d'un pas tranquille, la cabine téléphonique dans le viseur. Aussi bien ralentir, ne pas se faire mourir. Marcher dans l'humidité, tiens, pour gober quelques dixièmes de kilomètre, marcher en rond pour prendre mes distances.

Tu peux te rendre comme ça jusqu'à l'autoroute ; je tiens ton sac et je sais que tu me reviendras. T'es drôle, toi ; cette manière de tourner en rond. Tu me fais penser à Marteau. Cette nuit, tu es venu mettre le bordel dans ma tête ; je ne sais plus si je dois te remercier ou te détester.

Venir me rappeler la mort de papa, ici même, cette nuit ; c'est pas très gentil, tu sais. Tu arpentes peut-être mon espace pour te remettre d'aplomb, mais tu me sembles si fatigué, le corps affaibli par tant de kilomètres ; c'est un peu comme moi, j'imagine. Si j'en crois tes histoires de l'enfant aux images, tu as dû marcher l'Europe entière. Tu claudiques, Réjean, tu tournes en rond. Sous l'enseigne au néon, tu fais un tout petit « grand personnage » qui s'échine et qui souffre ; plus besoin de me raconter des histoires. Un peu de soupe te fera grand bien. Andrea va bientôt monter pour te réchauffer tout ça. Il y en aura bien assez pour deux et tu pourras même en redemander.

\*

Qu'est-ce que je fais par ici, Clara, que suis-je venu faire dans ta cour ? De deux choses l'une : je t'offre de venir t'installer chez moi ou bien je laisse passer. Si tu savais comme ton melon m'appelle ; c'est du jamais vécu. Sabina elle-même n'a su en faire autant en trois mois. C'est la galère dans ma tête, Clara. Me voilà en train de tourner en rond devant toi. On dirait que tu te fous de moi, là-bas, drapée dans ta chemise blanche.

Je dois prendre mes distances ; je suis en train de tomber en amour. C'est pas drôle. Je tremble devant toi comme un ado. C'est le pacte avec Hernandez, j'en suis convaincu, c'est pas autre chose, c'était pas pareil avant. C'est pas ta mère, surtout pas ton melon. Je délire ! Restons calme, appliquons-nous plutôt à bien étirer nos muscles. Rester calme ! Facile à dire ; je mélange tout.

Avant toi, chère Clara qui se rit de moi, avant de tomber cette nuit dans ton paysage, avant que je me mette à te raconter ma vie, je me voyais absolument seul sur mon plateau ; il n'y avait pas de problèmes. L'avenir était tout tracé, pas compliqué, minéralisé. Je l'ai toujours cultivée, ma solitude, et voilà que ça craque. Restons calme, Réjean, restons calme.

Je t'aime, Clara, du verbe aimer, à la première personne du singulier, indicatif présent. N'ayons plus peur des mots. C'est d'une telle puissance, jamais je n'aurais cru. La galère avec toi, n'importe quand ; emmenez-en, des tempêtes ! Clara, je crois bien que si je ne t'avoue pas mon désir de toi avant le lever du jour, je ne serai plus capable de regarder une femme dans les yeux. Tu auras beau penser ce que tu voudras ; je me fous de ta réaction.

Là-bas, il me reste à terminer un travail colossal ; c'est tout décidé, tout tracé. Tu choisiras de m'accompagner ou bien de rester ici. Je ne comprends rien à tes signes, Clara. Tu veux monter à l'étage ? Tu veux enlever ton chemisier ? Le ventre, ton ventre ; tu as faim ? C'est ça ? Faut y aller ? Allons-y. La bouffe, ça peut toujours nous réveiller.

# VIII

« C'est immuable, affirme-t-elle sans détour, peu importe la saison ou le taux d'humidité. À cette heure-ci, aux environs de trois heures, lorsque l'autoroute est à peu près déserte, j'ai mon petit creux qui me revient. Je mets la sonnerie en fonction et je peux venir casser la croûte. Léger, la nuit ; il faut manger léger. Tu m'as dit que tu aimais la soupe aux choux, mais tu n'as jamais goûté à la mienne. Une recette de ma mère. Mince ! si seulement je pouvais trouver cette gamelle... »

Assiégé par toutes ces revues traînant un peu partout, installé à l'indienne dans une pièce qui pourrait en tout autre endroit ressembler à un salon, il la laisse parler sans même songer à articuler une possible réponse. Comment lui présenter la chose ? Il verra bien. Bercé par un solo d'ustensiles se heurtant dans le fond de l'évier, prélude au chez-soi du solitaire qu'il retrouvera bientôt, il donne son regard à ces revues aux images d'un monde meilleur, d'un pays-continent où la ménagère n'aura plus bientôt qu'à pousser un bouton pour se libérer de toute corvée.

« À cette heure-ci, c'est l'accalmie jusqu'à cinq heures ; ils sont tous partis se coucher. Il me revient toujours en tête la même image. Tu sais, la piste de course. Quelques années avant de mourir, mon père en avait offert une à mon plus jeune frère. « Un objet rare », disait-il. Alors, la nuit, mon autoroute se transforme en un jouet qu'on aurait remisé dans sa boîte. C'est comme ma piste à moi que j'aurais déconnectée. »

T'es fêlée, Clara, tu me fais sourire avec tes images. Je crois bien qu'avec une pareille rage de vivre, tu auras beau pleurer, ils auront beau essayer : il n'y en a pas un qui va réussir à te mater, à te banaliser. Mais qu'est-ce que je fais ici ? J'aime ta façon d'appréhender la vie, tu me donnes foi en la nuit. Et si j'osais… si j'osais te faire ma proposition… ne serait-ce que pour te la fermer une petite seconde. Peut-être sauterais-tu sur l'occasion ?

Il me semble donc que ce serait bien, toi et moi. Nous casserions du roc, et je passerais la vie à t'écouter délirer ; tu serais forte en goulash, moi en saumon fumé… Non, pas toute la vie, ça ne se peut pas ; tu finirais par m'épuiser. Ça sent le chou, dans ta piaule, ça sent l'ail et le paprika.

« Le patron me passe souvent les clés de son camion. Il demeure au village. Il aime bien me donner sa liste d'emplettes et j'en profite pour me rendre à Victoriaville ou pour voir de nouveaux paysages. J'aime bien quand il pleut ; après la pluie, c'est ma lumière préférée. »

Tu sais que c'est une mine, toutes ces revues. Tiens, une belle forêt rasée au napalm. La beauté du paysage ; je ne sais pas, mais par ici, ce doit être les Loyalistes qui ont laissé leur signature.

« J'aime bien cette ville. Ce printemps, j'y ai fait la connaissance d'une fille étonnante, elle aussi femme d'images. Elle est cinéaste, elle est allée tourner en

Crète. Elle m'a présenté son frère. Un type bien, il te ressemble. »

Hé que tu parles ! T'as sniffé de la coke ou quoi ? On dirait que tu en mets un peu trop, que tu exagères un brin sur la légèreté. Je te sens lourde, Clara, je te sens lourde de paroles… Un type bien, un type qui me ressemble… Toi-même, tu n'es pas sans me rappeler certaines femmes. C'est fort sécurisant, tout ça. Les frontières n'existent plus, c'est comme un antidote au vertige. Prends cette femme dans son camion, si elle revient toujours se stationner dans ta cour, elle doit sûrement avoir ses raisons. Ça doit procéder de la même logique…

« Un bon jour, lance-t-elle en venant déposer sur la table les deux assiettes, je crois bien que je vais me taper les films de cette fille. Allez, maintenant, à la soupe ! »

\*

« Alors, fait-elle après lui avoir laissé le temps de venir la rejoindre, j'imagine que tu vas bientôt te remettre à tes menhirs.

– Je l'espère bien. Tu me dis que c'est encore debout ; c'est déjà ça de pris. Après une si longue absence, il y aura sûrement quelques détails à régler… Ce ne sera pas nécessairement facile… Elle est relevée, ta soupe. C'est hongrois ?

– Tout juste !

– La nostalgie des origines… Et toi, si j'ai bien compris, tu es sur le point de partir d'ici. T'as une idée de ton prochain arrêt ?

– Pas vraiment. Sauf que j'aimerais passer la frontière. Par exemple, aller du côté du Mississippi, ou plus vers l'Ouest… Mais c'est toujours la même histoire : question de visa. L'Amérique est bien gardée ; même si je travaille pour une agence internationale, il faut montrer patte blanche. Les frontières, ça te dit sûrement quelque chose ; que de formalités… Et puis l'amour, Réjean, ça te dit quelque chose ?

– Quoi, fait-il en restant figé dans son mouvement, tu as bien dit "amour" ? Ai-je bien entendu ? Arrête, tu vas me faire brailler. C'est vraiment pas le moment de me parler d'amour.

– Et pourquoi donc ?

– C'est fort simple, Clara : c'est pas le moment "parce que". Point à la ligne… Hallucinante, tu ne l'es pas à peu près. Et tu te permets d'en rire ! Pour faire court, disons que j'ai eu quarante-trois ans cet hiver, et je me suis toujours fait un point d'honneur de ne jamais m'embarquer dans cette galère…

– La galère, la galère !

– Très exactement, ma chère Clara… La galère, lui répète-t-il en cassant un morceau de pain, tu as très bien entendu.

– Intéressant, mais ça ne m'étonne guère, l'idée de la galère. J'oserais dire que ça suinte dans ton discours. J'ai déjà vu, tu sais ? À Prague, plus précisément, lorsque j'étais à la faculté. Le champ du politique ou de la quête de sens, c'est l'exutoire parfait. La fuite est plus facile et l'amour prend alors valeur de jeu… Toi et tes semblables ! Cette barrière que vous vous plaisez à installer, ces bornes pour bien marquer votre refus… Que ce soit toi ou quelqu'un d'autre, c'est toujours inscrit sur le menton. Même que chez toi, il y a en plus la démarche.

– Faut ce qu'il faut ! fait-il en cachant mal son irritation.

– Ne te braque pas, fais pas cette tête. Je n'ai pas l'intention de faire ton procès ; tu peux avaler ta soupe en toute quiétude… N'allons pas plus loin ; c'est clair, j'ai compris. Seulement, il y a des nuits où je ne peux m'empêcher de parler de la sorte ; c'est si touchant d'entendre un homme exprimer sa peur. »

Silence autour de la table, mais on peut très bien sentir que ce silence-là ne sera pas forcément lourd. La soupe, c'est comme faire le plein d'énergie. C'est bien la première fois qu'une femme risque le mot devant lui, qu'une femme ose lui parler de la peur. Il a beau remonter le temps, fouiller dans son passé récent ; oui, c'est une première. Elle n'est pas peu fière de son coup ; ça se voit dans la façon qu'elle a de tenir sa cuillère. Et s'il prend tout son temps avant d'avaler, est-ce pour se réfugier dans l'intemporel ou pour observer le littoral avant de monter résolument dans la galère ?

Andrea Bernolak cherche, elle aussi, le silence ; lui poser la question de la peur, c'était aussi se la poser à elle-même. Ce désir de vouloir partir plus loin, de fuir le confort, de toujours chercher à photographier l'ailleurs, elle aura beau en rire, elle aura beau s'en amuser, mais n'est-ce pas aussi la peur de s'engager ? C'est pas pire, c'est pas mieux, songe-t-elle, c'est tout juste selon, et c'est parfois bien essoufflant.

Il dégage une odeur de voyageur mal lavé. Et maintenant, comme si ce n'était pas assez, se dit-elle, il semble tourmenté. Admirez ! Même s'il agit en homme mûr, il fait adolescent par la seule façon qu'il a de regarder le plafond. Je pourrais facilement tomber en amour,

Réjean ; je pourrais facilement partir avec toi. Peut-être n'aurais-je pas dû y aller aussi fort, se dit-elle en esquissant un demi-sourire, cherchant moins en cela l'excuse qu'un retour à la complicité.

Elle se revoit un an plus tôt, là-bas, dans cette ville portuaire, occupant l'espace d'un débardeur solitaire. Confort tout simple d'un cottage anglais. C'est vrai, se dit-elle, les rôles étaient alors inversés ; c'est moi qui mangeais la soupe de l'autre. Dire que je pourrais y être encore, il ne demandait que ça. Pour tenter de me retenir, il aurait pu me poser les mêmes questions sur la peur de l'amour, la fuite, sur mon refus de m'engager. Oui, songe-t-elle en se levant de table pour aller tout déposer dans l'évier, mon débardeur aurait été en droit de le faire.

« Tu connais le type qui a fait ça ? lance-t-elle en revenant s'asseoir pour lui glisser dans la main sa boule de verre.

— Attends, fait-il un peu surpris, il me semble que dans le coin, un artisan fait des choses semblables.

— Exact ! Souffleur de verre, et je l'ai vu au travail. Cette boule qui tient si bien en main, c'est mon lumineux talisman. Souvenir d'une nuit aux portes de l'enfer. Un bel objet, doux au toucher. Il me suivra partout où j'irai ; il me ramènera toujours à ta ville portuaire. J'ai vécu là une année de pur bonheur. Je m'y sentais si bien, j'étais si comblée qu'il m'aura fallu tous les efforts du monde pour quitter l'homme qui m'hébergeait...

— Je vois, précise-t-il en lui rendant son talisman, tu t'es réveillée un bon matin avec la peur au ventre... »

Et ils sont là, face à face, comme des mimes dans la pénombre, chacun bien assis à sa place. Ils sont là, ne disant plus rien, se tenant à table d'une façon civilisée, elle et son melon refroidi, le chemisier ouvert sur une camisole, les manches roulées sur les avant-bras, observant bien sa boule lumineuse, lui se contentant de l'image qu'elle lui offre. Seraient-ils dans l'attente du plat de résistance ?

« Ainsi donc, fait-elle en jetant un œil vers le sofa, nous aurions tous les deux la trouille ? »

*

« En plus de te permettre de ressentir, lance-t-il en se levant de table pour se diriger vers la pièce d'à côté, ton melon te donne le droit de tout dire… Alors, tu viens ? »

Faut pas me brusquer, songe-t-elle en se rendant à la fenêtre pour jeter un œil vers les pompes. Faut pas me brusquer, un client pourrait arriver à tout moment… Enfin. Rapprochons-nous de toi, tailleur de pierre. J'en ressens le besoin, la nuit s'y prête :

« Tasse-toi que je m'installe… Comme ça, la tête sur tes genoux. Ça te va ?

– Ô Clara ! Tu sais, fait-il en s'amusant à lui effleurer les lèvres du bout des doigts, tu sais que tu m'as plutôt bien photographié. T'es une vraie professionnelle. L'idée du discours politique ou de la quête de sens comme éteignoir, c'est pas banal.

« C'est particulier, tu ne trouves pas ? Nous sommes tous les deux à nous griser d'indépendance, à vouloir nier les frontières, comme si on nous les avait effacées, par magie. Nous cultivons notre liberté d'action, et l'idée même du bonheur auprès d'un homme ou d'une femme nous fait frémir. Je me sens un peu comme le Mur en 89 ; ça craque de partout…

— Encore et toujours le politique ! Amour et politique ; c'est une manie. Lorsque tu me parles de tes images ou de tes menhirs, tu deviens quelqu'un d'autre. Tu sais, je préfère de beaucoup ce quelqu'un-là. Dis-moi : lequel de ces deux hommes est le véritable Réjean ?

— T'es pas évidente, Clara, mais je t'aime bien quand même... En fait, ce sont les deux Réjean qui craquent.

— Belle formule ; c'est bon à savoir... Tu vois, l'an passé, lorsque ma Jetta m'a laissé tomber tout près d'ici, je ne savais plus quoi faire. Retourner dans ta ville, chez mon débardeur, ou continuer en stop jusqu'à Montréal ou Toronto ? Je me posais encore la question lorsque le patron m'a tout simplement proposé de m'installer dans cette pièce. Sur le moment, je n'ai rien voulu entendre, mais pour lui faire plaisir, je suis montée voir. Vraiment, je ne m'attendais pas à ça ; toutes ces piles de revues entassées partout. Tiens, je me suis dit, pourquoi ne pas passer l'hiver ici ?

« En acceptant son offre, je suis pour ainsi dire entrée dans un musée de la photo. Si certaines nuits d'automne ont été difficiles à supporter, il y a eu des jours où j'ai éprouvé la réelle impression de me retrouver quelques années plus tôt à la bibliothèque de la fac. C'était fort stimulant. Ce que j'ai trouvé, c'est beaucoup plus qu'une rétrospective, une somme historique plutôt... Je peux savoir ce qui te fait sourire ?

— Rien, Clara. Moi aussi, j'aime mieux quand tu me racontes ta vie.

— Combien d'heures ai-je pu passer dans cette pièce à étudier les effets de lumière, opérer des recoupements, analyser ces images ? De jour comme de nuit. Un bol de soupe ou un café de temps à autre pour me réchauffer, et c'était reparti. Mais voilà, tout ça est bel et bien terminé ; il faut passer à autre chose. Si je ne veux pas m'ankyloser, il me faudra bientôt partir.

— Partir bientôt, comme par obligation. Partir pour aller où, Clara ? Tu te plais à prévoir jusqu'aux nuages ; ça te semble si facile… Je pourrais peut-être t'offrir quelque chose…

— Ah oui ?

— Ce serait bien possible. Tu dégages une telle puissance, Clara, comment peux-tu afficher une telle assurance ?

— L'autodéfense, tu connais ? »

Profitant de cette complicité retrouvée, elle s'étend sur les malheurs et les bonheurs d'une *free-lance photographer*. C'est pareil pour la femme comme pour l'homme, sauf que pour elle, il y a un peu plus de régions à contourner, certaines zones à risque à ne pas franchir. Il y a surtout des êtres à éviter, mais ceux-là, malgré leurs façades, ils sont tellement faciles à repérer.

Certains signes ne trompent pas. Lorsqu'elle l'a vu la veille pour la première fois, elle s'est tout de suite sentie en confiance. Elle a pris tout son temps pour cadrer, développer et tirer l'image. Et puis, cette démarche laborieuse. On aurait dit un soldat perdu derrière le front. Marcheur fatigué, ce type devait sûrement avoir plein de choses à raconter. Rien dans les jambes et tout dans la tête.

« Tu sais, avoue-t-elle en lui bloquant la main à quelques centimètres du chemisier, ça me fait tout drôle. Je parle, je parle ; de toute ma vie, je n'ai jamais été aussi volubile… C'est pas vrai ! Il est sur le point de s'endormir ! »

C'est le vin, deux bouteilles ! Allez, se dit-elle en lui prenant le menton, réveille-toi. Dans moins de trois heures, le patron va arriver. Tu ne me feras pas le coup ! Ça ne se passera pas comme ça, petit buveur, je ne me laisserai pas faire.

« Allez, redresse-toi ! C'est pas vrai ; le jour est sur le point de se lever. Par ici, fait-elle en se redressant pour lui agripper les épaules, ça presse. Tu vas voir, j'ai tout ce qu'il faut ! »

\*

Clara la savonnette ! Clara la judoka ! Clara la tabarnak ! Me suis fait avoir. J'vais mourir, c'est de la glace ! Résister, Réjean, faut résister ; ça va passer, on s'habitue. Tu vois, c'est déjà mieux. Le corps humain est vraiment bien fait. Clara la terrible, la fille qui te pousse tout habillé sous le jet, avec une énergie de geô-lier, comme si tu étais un torchon ou un prisonnier politique. Clara a décidé de faire son lavage à l'eau froide.

Tout bien considéré, c'est pas si bête. L'idée du jog-ging matinal, c'était pas assez ; je lui dormais dans la face. Ça t'apprendra à manquer de respect ! L'eau chaude. Comment ça marche ? De quel côté ? Aïe !

T'as vu comme elle est rapide ? Tu étais si près de t'endormir que t'as pas eu le temps de réagir quand elle t'a agrippé par l'épaule. T'as rien senti, à part le choc de ton genou contre la tôle, le rideau dans la face, la glace dans le dos. Son pan de chemise, il t'aura glissé entre les doigts. C'est bien dommage, tous les deux sous la dou-che, nous aurions été quittes. Nous nous serions fait un beau cinéma. La chemise savonnée, collée à la peau, la rondeur du sein sous la toile.

Écoutez-la rire ! Tombée sur la tête ; elle doit parler à sa mère ! J'suis pris comme une bête, j'suis pogné dans mes jeans. Mon sac sur la véranda ! Et quoi encore ; le noir total : « T'es pas drôle, Clara, je vois plus rien ! T'es folle ou quoi ? »

Ça faisait bien une semaine ; je devais dégager pas à peu près. Je comprends la fille de Montréal. Son attitude, sa retenue ; elle cherchait son plaisir, mais elle hésitait pas mal.

C'est la soupe, ça peut pas être le vin. Qu'est-ce qu'elle a bien pu y mettre ? Faut se méfier de la sauce hongroise, disaient les Autrichiens, on sait jamais. Ce doit être pareil pour la soupe slovaque. Ah ! merci Clara, c'est mieux avec la lumière ; je vois en couleur. Puissant jet ; ça fait du bien par où ça passe.

Mince ! à chanter de cette façon, il va finir par s'étouffer. Ne te gêne surtout pas, éclate-toi pour la peine et reprends bien ton souffle. Tu en auras bientôt besoin. Pendant ce temps, ta Clara pourra se retirer deux secondes dans sa chambre.

Et puis tiens, si on enlevait aussi cette camisole. Tu vas voir comme elle pense à tout, celle qui te fout sous la douche ; elle ne gardera sur sa peau que son chemisier à soixante-quinze sous. Il y a si longtemps. Ça remonte à quand ? Dans quel tiroir ai-je bien pu les fourrer ? Voilà, par ici, sous les foulards.

Faudrait pas que ça dure trop longtemps. Un quart d'heure sous la douche, ce serait déjà pas mal. Grouille-toi. À la minute où j'en aurai assez d'attendre, je n'aurai qu'à éteindre la lumière pour de bon et t'envoyer

Marteau dans les pattes. Ah ! C'est pas trop tôt, j'étais sur le point de craquer sous les décibels.

« Hé ! fait-il en se lissant les cheveux, t'as une serviette ? »

*

Pris en otage sur cette chaise de cuisine qu'elle lui a indiquée au sortir de la douche, la serviette nouée à la taille, les cheveux humides et le regard absent, il se sent observé de très près par la femme.

Comme tu es belle, assise comme ça sur mes genoux ! Tu as cessé de rire. Je crois même que c'en est bien fini de nos grands discours. Tes lèvres ! Si près des miennes. Tu es d'un sérieux que je ne te connaissais pas. Je craque, Clara, je craque comme un adolescent. Tu as la chemise heureuse, Clara, tu portes puissamment ton melon.

Assiégé comme je le suis, tu vois, les jambes immobilisées par les tiennes, je ne peux que poser mes mains sur tes hanches et je hume ton haleine. Je bande sous ton emprise, Clara, et je t'empoigne le chemisier pour ne pas te briser. Tes mains sur mon sexe. Si tu persistes, je vais finir par t'inonder. Je ne bouge plus, faut plus bouger.

Cherchant chez lui la faille ou le cratère, elle incline le torse pour venir lui frôler les lèvres.

Il y a si longtemps ! Petites rides au coin de l'œil, c'est touchant. J'entends hurler un camion dans le grand virage et ma main enregistre ton pouls.

Tu deviens moite, Clara, j'entends à peine ton souffle. T'as entendu passer le camion ? Tu as le visage tout en

106

fierté, Clara, tu vas bientôt te mettre à vaciller, à rire comme une petite fille qui saute dans la boue. Allez, agrippe-toi bien à mes épaules, comme ça, très bien. Laisse-moi te guider vers ta couche : « La poche-poitrine, c'est dans la poche-poitrine ; tu attrapes et tu me donnes. »

Une femme comme toi, toute seule dans une station-service, perdue en pleine forêt. Je ne comprends pas. Pourquoi pas mon plateau, Clara, pourquoi pas nous deux sur mon plateau ? Qu'es-tu venue faire dans cette voie de service ?

« Tu peux me dire ce que t'es venue faire dans ce trou ?

– Chut ! serre-moi fort. »

Ce que je suis venue faire par ici ? Tu parles d'une question, c'est pas le moment.

## IX

Dors, mon ami. Abandonne-toi sans réserve. Juste avant de sombrer, tu m'as dit : « Clara, je t'emmène avec moi. » Tu m'as proposé cela, j'ai bien entendu et ça m'inspire. J'ai refermé ma chemise jusqu'au cou pour reprendre le boulot et j'ai envie de chanter.

Frôle le coma si tu veux, tailleur de pierre, fais de beaux rêves celtiques, mégalithiques, systématiques. Et toi, rôdeur géodésique, tu veux bien laisser les pneus du camion. Allez, viens plutôt par ici ; peut-être que ta maîtresse n'en a plus pour longtemps à mariner dans ta cour : « Ouache ! faudra bien un jour te passer une eau ! Bon chien, bon chien ! »

Reste tranquille, et pas un mot. Tu vois les arbres ? Figés sur place, pas un souffle de vent. Et puis regarde vers l'autoroute. C'est pas beau, ça ? Lever du jour. Le soleil là-bas doit se lever sur la pointe du menhir. Tu vois, le ciel a fini par se libérer de ses orages, et le soleil allume l'asphalte.

Réjean, si tu voyais cette lumière. Ce lever de soleil ne sera pas pour toi ; tu mérites bien quelques heures de sommeil. Même que si tu n'es pas trop pressé, tu pourras garder le lit toute la journée. Comme ça, le patron ne saura rien de ta présence ; je préférerais.

Il y a si longtemps ! On dirait que le bois de cette galerie gagne en couleur. Que dirais-tu, maman, si j'allais aujourd'hui m'acheter un livre à Victoriaville ? Je ne sais pas, c'est possible, on verra bien. Allez, Marteau, tu peux dégager.

Homme sans gêne ! Tu riais tout à l'heure en frôlant ton sexe sur le pan de mon chemisier, je te faisais la tête, mais je souriais en moi. Oui, Réjean, elle est bien loin, l'enfance traumatisée ; il y a longtemps que je me suis réconciliée avec l'homme. Même que j'ai développé un faible pour les spermatos perdus, pour tous ces petits possibles qui viennent mourir sur ma peau ou dans les fibres de mes vêtements. Ça me fait tout chaud. Regarde, plus rien n'y paraît. Le tissu est à peine froissé.

Je ressens encore la vague. Tailleur de pierre ou bien chasseur de femmes ? Tu m'as levée, je me suis laissé approcher, tu m'as transportée et je t'ai mis la table. Voilà que ça recommence ; une Westfalia. Approchez ! Essence à vendre !

« Marteau ! par ici, biscuit, biscuit. »

La cliente ayant choisi de profiter de l'arrêt pour exécuter quelques exercices d'étirement, Andrea reprend place sur le sofa, histoire de mieux l'observer.

Belle allure, madame. Avec votre djellaba et votre natte grisonnante, on se croirait au Maroc. Prenez votre temps, nous n'en sommes pas à une minute près ; vous pouvez me décliner votre rituel matinal. Vous avez passé toute la nuit au volant ; c'est évident.

Moi aussi, Réjean, je suis épuisée. Je sens venir le sommeil, j'irai bientôt te rejoindre dans mon lit. Tu as plein de choses à me préciser. Mon café sera fort, tu peux me croire. Te souviendras-tu de ce que tu m'as proposé ? On verra bien. Dormir comme une roche, ça te va bien. Maman disait que papa dormait toujours d'un sommeil agité, jusqu'à cet accident. Était-ce un accident ?

« On peut faire réparer un pneu ? fait la cliente lorsqu'elle est à portée de voix.

— Bien sûr, mais pas tout de suite. Si vous voulez attendre, le patron sera là dans moins d'une heure.

— D'accord. »

*

Alors que le soleil se pointe à la cime des arbres, deux femmes discutent en toute tranquillité. La photographe d'agence et la docteure en géologie. La fraîcheur de l'air aidant, et contrairement à la veille où les silences avaient plutôt tendance à s'allonger, la complicité s'établit rapidement, sans heurt. La conversation débouche vite sur des questions d'itinéraires, de gares, de routes et d'autoroutes, sur des questions de départs et d'arrivées, d'empires qui se créent et qui finissent par se balkaniser sous les pressions politiques, ethniques, économiques.

Il y a de quoi sourire ; chacune à sa manière, elles vivent la même passion. Il y a quelques années, de part et d'autre de l'Atlantique, elles ont décidé de consacrer leur vie à la stratification de l'espace, questionnant la lumière pour une meilleure compréhension de la lithosphère, de la planète, du paysage, des grands et petits drames. Comment un même besoin de connaître la lumière peut-il se traduire quelques années plus tard par des trajectoires aussi différentes ?

« Michalovce, je suis passée par là. Il y a une quinzaine d'années, vers la fin des années soixante-dix. Mais ce que je connais de l'endroit se limite à la formation géologique… »

Allez, madame, vous pouvez mettre sur table vos cartes géographiques. Racontez-moi mon pays. Parlez-moi sans arrêt de mon pays ; après une nuit pareille, ça débute bien la journée. Moi, je me contenterai de vous écouter ; je ressens un peu la fatigue. Vous éprouvez un grand besoin de parler, c'est évident. Depuis combien de temps n'avez-vous pas causé pour la peine ? Moi, jusqu'à cette nuit, ça remontait à quelques mois. Mais à vous écouter parler, j'imagine que votre univers se limite à la géologie, à la compréhension des systèmes, des mouvements tectoniques. La roche doit recevoir vos confidences, elle doit accepter vos angoisses.

Le granite, vous connaissez le granite ? Il y a dans mon lit un fou de la pierre qui dort d'un sommeil profond. Oui, madame, il y a dans ma chambre un obsédé des temps géologiques qui ne connaît pas son bonheur. Il est cette nuit tombé au bon endroit. Particulier, ce pays, vous ne trouvez pas ? On en revient toujours à la roche ou à la qualité du minerai. Là-bas, dans sa zone portuaire, mon débardeur ne cessait de me parler de la qualité de sa bauxite ! Ai-je bien compris ? Le bouclier canadien, dites-vous ? La plus vieille formation rocheuse de la planète ? Alors là, je tiens une piste sérieuse ; ça pourrait expliquer bien des choses.

Lourdes sont mes paupières, très chère dame, et mon lit m'appelle. Je ne voudrais pas vous faire le coup que m'a fait Réjean, je ne voudrais pas vous blesser, mais… J'entends distinctement vos paroles, je comprends parfaitement votre discours. Je dois concentrer mon énergie sur vos yeux, sur vos lèvres. Le sommeil m'appelle et je sens que je vais bientôt sombrer...

Je vous entends parfaitement : le bouclier canadien, la boucle arménienne, le boulier des Carpates, la boule italienne, le bourrage de crâne, ma boule de verre, l'armée dans la cour, souffleur de verre, l'école entourée, une balle dans la tête, tombé dans la rue, qu'est-ce que tu as, Andrea, que se passe-t-il ? Tu délires ou quoi ? Un café ! Offrons-lui vite un café, sinon nous ne serons pas très fière :

« Vous prendriez bien un café ?
– Ce serait gentil ! »

*

Après avoir déposé la cafetière sur le feu, elle n'a plus qu'à relever le rideau pour porter son regard vers la bretelle de l'autoroute : camions qui roulent, camions qui hurlent, camions qui passent.

Tu vois, maman, je tombe de sommeil, mais je ne perds pas mon temps, je ne perds pas une minute ; ta fille a déjà reconnecté le jouet de son petit frère. Trop intense, cette nuit ; je ne sais plus où j'en suis. Cette femme qui retourne chez elle, et toi qui sembles avoir trouvé en Europe réponse à tes questions, qui retournes sur tes pas pour achever ton œuvre. Si je décidais d'accepter ta proposition, si je décidais comme ça de te suivre. Mince ! c'est la migration vers le nord.

Si vous saviez, vous deux, comme vous me donnez des idées. Pourquoi pas moi ? Pourquoi pas toi, Andrea ? Rien ne t'en empêche. Tout est possible. Aller ce soir partager des moules et des frites avec mon débardeur ; il me semble que ce serait bien. Pourquoi ne pas lui faire la surprise ?

Tu vois, maman, mon talisman, cette lourde boule de verre que je tiens dans la main ? Tu sais pourquoi je la laisse traîner sur cette tablette ? Elle m'a été offerte par un magicien du feu ; ils sont si rares, les magiciens. Sa seule fonction, c'est de capter la lumière du jour et de la nuit. Jamais elle ne pourra répondre à mes questions. Et puis toi, es-tu toujours aussi mort dans mon lit ? Je t'entends à peine respirer.

Tu es bien là, je te vole du temps. Tu es beau dans ta nudité. Je devine ton sexe sous la couverture. Tu es touchant, étendu comme ça, le souffle régulier, la jambe gauche repliée derrière le genou. Est-ce bien celle qui te fait souffrir ? Où t'as mis mon melon ? Tu as dû te retourner un peu trop vivement et il aura roulé par terre. Voilà ! Pas trop amoché, seulement redevenu froid. C'était pas prévu, maman. Cette nuit-là était partie pour être chaude et humide, tout simplement ; il y a des jours où tu en mets trop. Ta fille ne t'en demandait pas tant.

*

« Depuis le début de l'été, précise-t-elle à sa cliente après avoir avalé une gorgée de café. Elle vient se stationner ici aux deux semaines, et toujours le mercredi. À chaque fois, c'est le même rituel : je lui fais de la monnaie qu'elle glisse dans les gobe-sous, elle avale ses gâteaux pleins de sucre et elle boit du Coca-Cola. Tout ça en une dizaine de minutes. Après, c'est la cigarette, et nous en profitons pour échanger quelques mots. Parfois, lorsqu'elle a éteint, et si j'en ai le temps, je l'accompagne jusqu'à sa cabine et nous en profitons pour échanger plus longuement.

— Si elle est aussi corpulente que vous le dites et si elle continue à se nourrir de cette façon, elle va finir par y rester, dans sa cabine.

— C'est ce que je tente parfois de lui faire comprendre. Il m'est arrivé de lui offrir de partager un repas avec moi, mais elle a toujours refusé. J'imagine qu'elle n'aime pas l'odeur du chou. Il y a des soirs où je me demande ce qu'elle vient faire dans ce stationnement. Elle devrait se payer un motel de temps à autre.

« J'aime bien cette femme, mais je ne sais comment le lui dire. Je sens que nous aurions du plaisir à voyager ensemble… Je crois bien qu'il est temps d'aller lui servir son café. Incroyable, elle ne boit que de l'instantané de machine distributrice ; vous vous rendez compte ? Ce ne sera pas bien long, je reviens. »

\*

Vous pouvez prendre tout le temps qu'il faut. Vous êtes trop gentille ; vous allez jusqu'à laisser traîner des revues pour le plaisir du client. Voyons ça de plus près. *Life, 50 years.* Clair de terre sur la lune ; football, baseball, United Colors of Benetton. Dites, elle est plutôt rapide, votre machine à café. Vous me rappelez la copine de mon plus vieux. Vous aussi, je vous verrais bien avec un archet.

Elle vous attendait. Elle vous demande de laisser ouverte la portière. À vous entendre, j'ai cru comprendre que vous vous ennuyez par ici ; si je vous offrais d'embarquer avec moi ? Café sans effet.

Il faut récupérer avant de reprendre la route. Stationner mon véhicule, à l'ombre, sous cet arbre. Elle ne peut me refuser ça. Nous quitterons l'endroit en début d'après-midi.

« Si vous alliez vous étendre pour quelques heures ? fait Andrea en posant le pied sur la galerie. Vous ne pouvez reprendre la route dans cet état ; il suffit de garer votre véhicule par là, sous l'arbre. Ne soyez pas timide, c'est pas l'espace qui manque.

– C'est gentil.

– Y a pas de quoi. »

*

Si c'est pas beau ! Un chien de garde couché sur le flanc, se chauffant le poil au soleil. Tu vois, ils nous ont tous laissé tomber. Ça dort partout, là-haut dans mon lit, là-bas dans sa voiture. Si c'est pas tragique ! Mais elle, dans son camion, elle étire son café sucré ; elle est sur le point de partir. Ça va bientôt se remettre à vivre, et tu ne bougeras pas d'un poil.

Dormez tous en paix, que Dieu vous bénisse ! Dormir, dormir, dormir. Soyez sans crainte, madame la géologue, en réglant mon cadran à midi, j'aurai tout le temps de préparer votre café, bien avant votre réveil. Nous le prendrons tous les trois à l'ombre, notre café, sous votre orme. Ce sera bien, on va parler de roche…

Toi, dans ton camion chromé, je sens que tu es sur le point de passer ton t-shirt, remettre ton chapeau et te dresser devant ton volant. Tu vas mettre en marche le moteur pour aller te fondre dans la voie rapide. La radio sera forte, j'imagine. Tu vas traverser des zones comme Montréal, Kingston, Toronto ; toutes ces villes qui n'en finissent plus de s'étendre d'est en ouest. Ce soir, tu vas éteindre le moteur quelque part dans une cour d'usine du Niagara.

Aujourd'hui encore, vous serez des milliers à effectuer le même parcours, à rouler sur le même asphalte, dans un sens comme dans l'autre. Ce qui compte, c'est la marchandise. Il faut qu'elle soit livrée à temps, sinon la vie s'arrête et plus rien ne va. Voilà ! c'est reparti. Moteur au ralenti ; prélude au départ. Tu es de la même race que le patron. Toi aussi, tu es réglée comme une horloge.

Oh ! maman, si tu savais comme ta fille est dans un drôle d'état. J'ai beau songer à mon lit, je n'éprouve aucun plaisir à l'idée de m'étendre. Pourtant, ma couche est occupée par un homme et cet homme-là me plaît. Est-ce lui qui me donne des envies de le suivre ou est-ce elle qui fait tout pour me vendre son Amérique ? Et puis il y a celle-là, dans son véhicule ; elle me brouille les souvenirs. Une échappée vers le nord ; c'est du domaine du possible.

Tu vois, maman, elle va bientôt m'envoyer la main, juste avant d'embrayer en quatrième ; ça fait partie du rituel. Je lui réponds toujours en levant le poing en sa direction. Voilà, c'est parti. Elle reviendra stationner dans deux semaines. Observe bien la suite, ça dure une trentaine de secondes.

C'est beau, une masse qui s'élance avec la lenteur de l'escargot. Elle m'envoie la main, entre la troisième et la quatrième. Mon poing, maman, bien levé ; regarde. Ne restent plus que quelques mètres à rouler sur le chemin de traverse avant d'atteindre la bretelle d'accélération. Il y a bien les hautes herbes, les arbres, mais son camion capte toute la lumière.

J'ai toujours ce pincement au cœur lorsqu'elle a quitté mon champ de vision, toujours le cafard lorsque je l'ai perdue de vue. Trois mois que ça dure. Elle travaille bien. Tu entends, une vraie professionnelle. On n'entend plus que les changements de rapport. Elle est mon héroïne, mon pilote d'avion-cargo. Elle met le paquet pour prendre sa vitesse. Pleine puissance pour vaincre la force d'inertie. C'est une question de physique. Elle le sait bien, et moi aussi.

CET OUVRAGE
COMPOSÉ EN GARAMOND CORPS 14 SUR 16
A ÉTÉ ACHEVÉ D'IMPRIMER
LE QUATORZE SEPTEMBRE DEUX MILLE
SUR LES PRESSES DE TRANSCONTINENTAL
DIVISION IMPRIMERIE GAGNÉ
À LOUISEVILLE
POUR LE COMPTE DE
VLB ÉDITEUR.

IMPRIMÉ AU QUÉBEC (CANADA)